Joan Didion

Wo die Küsse niemals enden

Essays

Deutsch von
Eike Schönfeld

Rowohlt

Die Originalausgabe erschien 1968 unter dem Titel
«Slouching towards Bethlehem» in den USA

Deutsche Erstausgabe
Veröffentlicht im
Rowohlt Taschenbuch Verlag GmbH,
Reinbek bei Hamburg, Juli 1996
Die Essays der vorliegenden Ausgabe
wurden dem Band «Stunde der Bestie» entnommen.
Copyright © 1996 by
Rowohlt Taschenbuch Verlag GmbH,
Reinbek bei Hamburg
«Slouching towards Bethlehem»
Copyright © 1968 by Joan Didion
Alle deutschen Rechte vorbehalten
Umschlaggestaltung
Beate Becker / Gabriele Tischler
(Foto Viesti / Bavaria)
Satz Sabon (Linotronic 500)
Gesamtherstellung Clausen & Bosse, Leck
Printed in Germany
200-ISBN 3 499 22063 6

Inhalt

Sie träumen vom Goldenen Traum
7

John Wayne: Ein Liebeslied
45

Wo die Küsse niemals enden
65

7000 Romaine, Los Angeles 38
92

Hochzeit absurd
102

Gedanken über das Notizbuch
109

Sie träumen vom Goldenen Traum

Dies ist eine Geschichte über Liebe und Tod im Goldenen Land, und sie beginnt mit dem Land selbst. Das San Bernardino Valley liegt nur eine Stunde von Los Angeles ostwärts den San Bernardino Freeway entlang, ist aber in verschiedener Hinsicht ein fremder Ort: nicht die kalifornische Küste mit ihrem subtropischen Zwielicht und den linden Westwinden, die vom Pazifik her wehen, sondern ein rauheres Kalifornien, bedrängt von der Mojave-Wüste gleich hinter den Bergen, verheert vom heißen, trockenen Santa-Ana-Wind, der mit 150 Stundenkilometern durch die Pässe herunterkommt, durch den Windschutz der Eukalyptusbäume heult und an den Nerven zerrt. Im Oktober ist der Wind am schlimmsten, da fällt das Atmen schwer, und die Berge gehen von selbst in Flammen auf. Seit April hat es nicht geregnet. Jede Stimme ist wie ein Schrei. Es ist die Zeit der Selbstmorde und Scheidungen, der prickelnden Angst überall dort, wo der Wind weht.

Die Mormonen besiedelten dies unheilvolle Land und verließen es dann wieder, doch als sie gingen, war der erste Orangenbaum gepflanzt, und während der nächsten hundert Jahre zog das San Bernardino Valley Leute an, die glaubten, sie könnten dort mit dieser Frucht als Talisman leben und es in der trockenen Luft zu etwas bringen, Leute aus dem Mittleren Westen, die ihre Bau-, Koch- und Betgewohnheiten mitbrachten und sich mühten, sie dem Land aufzuprägen. Diese Mühen nahmen seltsame Formen an. Es ist das Kalifornien, wo man leben und sterben kann, ohne je eine Artischocke zu essen, ohne je einem Katholiken oder Juden zu begegnen. Es ist das Kalifornien, wo man ohne Schwierigkeiten telefonisch eine Andacht halten, aber nur mit Mühe ein Buch kaufen kann. Es ist das Land, in dem der Glaube an die wörtliche Auslegung der Schöpfungsgeschichte unmerklich in den Glauben an die wörtliche Auslegung der Klausel *doppelter Versicherungssumme bei Unfalltod* übergegangen ist, das Land der toupierten Haare, der Caprihose und der Mädchen, die vom Leben nichts als ein walzerlanges weißes Hochzeitskleid, die Geburt einer Kimberly oder einer Sherry oder einer Debbi, eine Scheidung in Tijuana und eine Rückkehr an die Friseurschule erwarten.

«Wir waren halt ein bißchen verrückt», sagen sie ohne Bedauern und blicken in die Zukunft. Die Zukunft sieht im Goldenen Land immer gut aus, weil niemand sich an die Vergangenheit erinnert. Hier weht der heiße Wind, und die alten Lebensformen erscheinen nicht mehr wichtig, hier ist die Scheidungsrate doppelt so hoch wie der Landesdurchschnitt, hier wohnt einer von achtunddreißig Menschen in einem Wohnwagen. Hier ist der letzte Halt für all jene, die von anderswo herkommen, für all jene, welche die Kälte und die Vergangenheit und die alten Lebensformen hinter sich gelassen haben. Hier versuchen sie, einen neuen Lebensstil zu finden, versuchen, ihn an dem einzigen Ort zu finden, wo sie sich auskennen: im Kino und in der Zeitung. Der Fall der Lucille Marie Maxwell ist ein Boulevardblattzeugnis dieses neuen Lebensstils.

Stellen wir uns zunächst die Banyan Street vor, denn dort ist es passiert. Zur Banyan gelangt man, wenn man von San Bernardino aus den Foothill Boulevard, Route 66, nach Westen fährt: vorbei am Rangierbahnhof der Santa Fe, am Forty Winks Motel. Vorbei an dem Motel, das aus neunzehn Stucktipis besteht: «SCHLAFEN SIE IM WIGWAM – HIER BEKOMMEN SIE MEHR FÜR

IHR WAMPUM». Vorbei an Fontana Drag City und der Nazarenerkirche von Fontana und dem Pit Stop A Go-Go; vorbei an Kaiser Steel, durch Cucamonga, weiter zur Kapu Kai Restaurant-Bar mit Coffee Shop an der Ecke Route 66 und Carnelian Avenue. An der Kapu Kai, was «Verbotene Meere» bedeutet, dann in die Carnelian Avenue, die Baulandfähnchen knattern im rauhen Wind. «ZWEI-MORGEN-RANCHES! SNACK BARS! TRAVERTIN-EINFAHRTEN! 95 Dollar REDUZIERT.» Es ist die Spur eines aus den Fugen geratenen Vorsatzes, das Treibgut des Neuen Kalifornien. Doch nach einer Weile werden die Schilder an der Carnelian Avenue spärlicher, und die leuchtend pastellfarbenen Häuser der Springtime-Home-Besitzer weichen den ausgebleichten Bungalows von Leuten, die ein wenig Wein anbauen und sich ein paar Hühner halten, und dann werden die Berge steiler, die Straße steigt an, selbst die Bungalows werden weniger, und da – trostlos, mit Schotterbelag, gesäumt von Eukalyptus- und Zitronenhainen – ist die Banyan Street.

Wie so vieles in diesem Land, verweist die Banyan auf etwas Seltsames und Unnatürliches. Die Zitronenhaine liegen tief, hinter einer rund einen Meter hohen Stützmauer, so daß man unmittelbar in ihr dichtes Laubwerk blickt, zu üppig, verstörend schimmernd, das Grün von Alpträumen; die abgefallene Eukalyptusrinde ist zu staubig, ein Brutplatz für Schlangen. Die Steine sehen nicht aus wie natürliche Steine, sondern wie das Geröll einer nicht verzeichneten Erhebung. Man sieht Feuertiegel und eine geschlossene Zisterne. Zur einen Seite der Banyan ist das flache Tal, zur anderen liegen die San Bernardino Mountains, eine dunkle Masse, die zu hoch, zu schnell, drei-, dreieinhalb-, viertausend Meter aufragt, direkt über den Zitronenhainen. Um Mitternacht gibt es auf der Banyan Street kein Licht und bis auf den Wind in den Eukalyptusbäumen und gedämpftes Hundegebell auch keinen Laut. Vielleicht ist irgendwo ein Zwinger, oder die Hunde sind womöglich Kojoten.

Auf der Bunyan Street fuhr Lucille Miller in der Nacht des 7. Oktober 1964 vom rund um die Uhr geöffneten Mayfair Market nach Hause, in einer Nacht, als der Mond dunkel war und der Wind wehte und ihr die Milch ausgegangen war, und in der Bunyan Street hielt ihr 1964er Volkswagen gegen 0.30 Uhr unvermittelt an, fing Feuer und begann zu brennen. Eincinviertelstunden lang rannte Lucille Miller die Banyan Street auf und ab und rief um Hilfe, doch kein Auto fuhr vorbei, und niemand kam zu Hilfe. Um drei Uhr morgens dann, das Feuer war gelöscht und die Beamten von der California Highway Patrol beendeten gerade ihren Bericht, schluchzte Lucille Miller noch immer, redete noch immer zusammenhanglos, denn ihr Mann hatte schlafend in dem Volkswagen gesessen. «Was soll ich denn den Kindern sagen, wenn nichts mehr übrig ist, nichts in der Urne ist», fragte sie weinend die Freundin, die man zu ihrem Trost geholt hatte. «Wie soll ich ihnen sagen, daß nichts mehr übrig ist?»

Aber dann war doch etwas übriggeblieben, und das lag eine Woche später in der Draper-Mortuary-Kapelle in einem geschlossenen Bronzesarg, der mit rosa Nelken bedeckt war. Rund 200 Trauergäste hörten Pastor Robert E. Denton von der Siebenten-Tags-Adventistenkirche von Ontario über die «Wut, welche unter uns ausgebrochen ist» reden. Für Gordon Miller, sagte er, gebe es nun «keinen Tod, kein Herzeleid, keine Mißverständnisse mehr». Pastor Ansel Bristol sprach von dem «besonderen» Schmerz der Stunde. Pastor Fred Jensen fragte: «Was hülfe es dem Menschen, so er die ganze Welt gewönne und nähme doch Schaden an seiner

Seele?» Leichter Regen fiel, in der Trockenzeit ein Segen, und eine Sängerin sang «Safe in the Arms of Jesus». Der Gottesdienst wurde für die Witwe mitgeschnitten, die zu der Zeit im Bezirksgefängnis von San Bernardino festgehalten wurde, wegen Mordverdachts.

Natürlich kam sie von anderswo, kam aus der Prärie auf der Suche nach etwas, was sie im Film gesehen oder im Radio gehört hatte, denn dies ist eine Geschichte aus Südkalifornien. Sie wurde am 17. Januar 1930 in Winnipeg, Manitoba, als einziges Kind von Gordon und Lily Maxwell geboren, beide Lehrer und beide in der Siebenten-Tags-Adventistenkirche engagiert, deren Mitglieder den Sabbat am Samstag heiligen, an eine apokalyptische Wiederkunft glauben, eine starke Neigung zum Missionieren haben und, wenn sie streng sind, nicht rauchen, trinken, kein Fleisch essen, sich nicht schminken und auch keinen Schmuck tragen, nicht einmal den Ehering. Als Lucille Maxwell ins Walla Walla College in College Place, Washington, eintrat, der Adventistenschule, an der ihre Eltern damals unterrichteten, war sie eine Achtzehnjährige von unauffälligem Äußeren und auffälligem Temperament. «Lucille wollte die Welt sehen», sagte ihr Vater rückblickend, «und das hat sie ja wohl nun.»

Das Temperament eignete sich offenbar nicht für einen ausgedehnten Studiengang am Walla Walla College, und im Frühjahr 1949 lernte Lucille Maxwell den vierundzwanzigjährigen Gordon («Cork») Miller kennen und heiratete ihn. Miller hatte das Walla Walla College absolviert sowie an der University of Oregon Zahnmedizin studiert und war damals als Militärarzt in Fort Lewis stationiert. «Man könnte vielleicht sagen, daß es Liebe auf den ersten Blick war», erinnert sich Mr. Maxwell. «Noch bevor sie einander offiziell vorgestellt waren, schickte er Lucille anderthalb Dutzend Rosen mit einer Karte dran, auf der stand, selbst wenn sie nicht mit ihm auf ein Date kommen würde, hoffe er, daß ihr die Rosen trotzdem gefielen.» Die Maxwells haben ihre Tochter als eine «strahlende» Braut in Erinnerung.

Unglückliche Ehen ähneln einander so sehr, daß wir über den Verlauf dieser hier nicht allzu viel zu wissen brauchen. Es mag in Guam, wo Cork und Lucille bis zum Ende seines Militärdienstes lebten, Ärger gegeben haben oder auch nicht. Es mag in der Kleinstadt in Oregon, wo er zuerst eine Praxis aufmachte, Probleme gegeben haben oder auch nicht. Anscheinend war man von dem Umzug nach Kalifornien etwas enttäuscht: Cork Miller hatte Freunden erzählt, er wolle Arzt werden, als Zahnarzt sei er nicht glücklich, und er habe vor, ans Seventh-Day Adventist College of Medical Evangelists in Loma Linda zu gehen, ein paar Meilen südlich von San Bernardino. Statt dessen kaufte er eine Zahnarztpraxis am Westrand von San Bernardino County, und die Familie ließ sich in einem bescheidenen Häuschen in einer jener Straßen nieder, die geprägt sind von Dreirädern, revolvierenden Krediten und Träumen von einem größeren Haus in einer besseren Straße. Das war 1957. Im Sommer 1964 schließlich hatten sie das größere Haus in der besseren Straße und die bekannten Insignien einer Familie auf dem Weg nach oben erlangt: die 30000 Dollar im Jahr, die drei Kinder für die Weihnachtskarte, das Panoramafenster, das Familienzimmer, die Zeitungsfotos, die «Mrs. Gordon Miller, Vorsitzende des Ontario Heart Fund...» zeigten. Dafür zahlten sie den üblichen Preis. Und sie hatten die übliche Scheidungszeit erreicht.

Der Sommer hätte für jeden schlimm sein können, jeder hätte von der Hitze, den Nerven, der Migräne und Geldsorgen bedrängt sein können, dieser jedoch begann besonders früh und besonders schlimm. Am 24. April starb ganz plötzlich eine alte Freundin, Elaine Hayton; Lucille Miller war noch am Abend zuvor bei ihr gewesen. Im Mai war Cork Miller kurze Zeit wegen eines offenen Magengeschwürs im Krankenhaus, und seine gewöhnliche Reserviertheit wuchs sich zu einer Depression aus. Seinem Steuerberater sagte er, er habe es «satt, in offene Münder zu glotzen», und drohte mit Selbstmord. Am 8. Juli hatten die konventionellen Spannungen wegen Liebe und Geld im neuen Haus auf dem einen halben Hektar großen Grundstück 8488 Bella Vista den konventionellen toten Punkt erreicht, und Lucille Miller reichte die Scheidung ein. Einen Monat später jedoch schienen die Millers sich wieder versöhnt zu haben. Sie suchten eine Eheberatung auf. Sie redeten von einem vierten Kind. Offenbar war die Ehe bei der traditionellen Waffenruhe angelangt, dem Punkt, an dem sich so viele mit Schadens- und Hoffnungsbegrenzungen abfinden.

Doch für die Millers sollte die Zeit des Unglücks nicht so leicht enden. Der 7. Oktober begann als ganz banaler Tag, als einer jener Tage, deren Langeweile und vielfältige kleine Ärgernisse einem die Laune verderben. An jenem Nachmittag erreichte das Thermometer in San Bernardino 39° Celsius, und die Kinder der Millers waren wegen einer Lehrerfortbildung zu Hause. Bügelwäsche mußte weggebracht werden. Dann eine Fahrt, um ein Rezept für Nembutal abzuholen, eine Fahrt zu einer chemischen Reinigung mit Selbstbedienung. Am frühen Abend ein unangenehmer Zwischenfall mit dem Volkswagen: Cork Miller fuhr einen Schäferhund tot und sagte später, sein Kopf fühle sich an, «als parke ein Mack-Laster darauf». Das sagte er öfters. Bis zu dem Abend war Cork Miller mit 63479 Dollar verschuldet, einschließlich der Hypothek von 29637 Dollar auf dem neuen Haus, eine Schuldenlast, die ihn offenbar bedrückte. Er war ein Mann, der nicht leicht an seinen Pflichten trug und der fast ständig über Migräne klagte.

An dem Abend aß er allein im Wohnzimmer, ein Fertiggericht. Später sahen sich die Millers John Forsythe und Senta Berger in *See How They Run* an, und als der Film gegen elf zu Ende war, meinte Cork Miller, sie sollten noch Milch holen fahren. Er wollte heiße Schokolade. Er nahm sich eine Decke und ein Kissen von der Couch und setzte sich damit auf den Beifahrersitz des Volkswagens. Lucille Miller erinnert sich, hinübergelangt und die Tür verriegelt zu haben, während sie auf der Auffahrt zurücksetzte. Als sie dann vom Mayfair Market abfuhr und lange bevor sie die Banyan Street erreichten, schien Cork Miller zu schlafen.

In Lucille Millers Kopf herrscht einige Verwirrung darüber, was zwischen 0.30 Uhr, als das Feuer ausbrach, und 1.50 Uhr, als es gemeldet wurde, geschah. Sie sagt, sie sei auf der Banyan Street in östlicher Richtung mit ungefähr 55 km/h gefahren, als sie den Eindruck hatte, daß der Volkswagen scharf nach rechts zog. Und dann sei der Wagen auch schon auf die Böschung gerollt, ganz dicht am Rand der Stützmauer, und hinter ihr seien Flammen hochgeschossen. Sie erinnert sich nicht, herausgesprungen zu sein. Allerdings erinnert sie sich, einen Stein herausgebrochen zu haben, mit dem sie das Fenster bei ihrem Mann eingeworfen habe, und dann die Stützmauer hinuntergeklettert zu sein, um einen Stock zu suchen. «Ich weiß nicht, wie ich ihn rausschubsen wollte», sagt sie. «Ich dachte nur, wenn ich einen Stock habe, dann kann ich ihn rausschubsen.» Sie schaffte es nicht, und nach einer Weile rannte sie zur Kreuzung Banyan und Carnelian Avenue. An der Ecke stehen keine Häuser, und es gibt dort kaum Verkehr. Nachdem ein Auto ohne anzuhalten vorbeigefahren war, rannte

Lucille Miller die Banyan Street hinunter zu dem brennenden Volkswagen zurück. Sie blieb nicht stehen, ging aber langsamer und konnte ihren Mann in den Flammen sehen. Er war, sagte sie, «einfach nur schwarz».

Im ersten Haus in der Sapphire Avenue, eine halbe Meile vom Volkswagen entfernt, fand Lucille Miller schließlich Hilfe. Mrs. Robert Swenson rief dort den Sheriff an und dann, auf Lucille Millers Bitte hin, Harold Lance, den Anwalt und engen Freund der Millers. Als Harold Lance eintraf, brachte er Lucille Miller nach Hause zu seiner Frau Joan. Zweimal fuhren Harold Lance und Lucille Miller zurück zur Banyan Street und redeten mit den Beamten von der Highway Patrol. Ein drittes Mal fuhr Lance allein hin, und als er zurückkam, sagte er zu Lucille Miller: «Also... du sagst jetzt nichts mehr.»

Als Lucille Miller am nächsten Nachmittag verhaftet wurde, war Sandy Slagle bei ihr. Sandy Slagle war die ernsthafte, unerschütterlich loyale Medizinstudentin, die immer das Baby der Millers hütete und seit ihrem High-School-Abschluß 1959 bei ihnen als Mitglied der Familie lebte. Die Millers hatten sie aus einer schwierigen Familiensituation herausgeholt, und für sie ist Lucille Miller nicht nur «mehr oder weniger Mutter oder

Schwester», sondern «der wunderbarste Mensch», der ihr je begegnet ist. In der Nacht des Unfalls war Sandy Slagle in ihrem Wohnheim der Loma Linda University, doch Lucille Miller rief sie gleich morgens an und bat sie, nach Hause zu kommen. Als Sandy Slagle eintraf, war der Arzt da und gab Lucille Miller eine Nembutal-Spritze. «Sie weinte, während sie matt wurde», erinnert sich Sandy Slagle. «Immer und immer wieder sagte sie: ‹Sandy, stundenlang hab ich versucht, ihn zu retten, und was haben die jetzt mit mir vor?›»

Am Nachmittag jenes Tages um 13.30 Uhr trafen Sergeant William Paterson und die Detectives Charles Callahan und Joseph Karr vom Morddezernat in der Bella Vista 8488 ein. «Einer von ihnen erschien an der Schlafzimmertür», erinnert sich Sandy Slagle, «und sagte zu Lucille: ‹Sie haben zehn Minuten, um sich anzuziehen, andernfalls nehmen wir Sie so mit, wie Sie sind.› Sie war nämlich im Morgenmantel, also versuchte ich, ihr was anzuziehen.»

Sandy Slagle erzählt die Geschichte jetzt wie auswendig gelernt, ohne auch nur mit der Wimper zu zucken. «Ich zog ihr also Höschen und BH an, und dann machten sie die Tür wieder auf, also hab ich ihr noch eine

Caprihose angezogen und ein Halstuch.» Sie senkte die Stimme. «Und dann haben sie sie einfach mitgenommen.»

Die Festnahme ereignete sich gerade zwölf Stunden nach der ersten Meldung, es habe einen Unfall in der Banyan Street gegeben, eine Eile, die später Lucille Millers Anwalt zu der Aussage veranlaßte, der ganze Fall sei ein Beispiel dafür, wie man versuchte, eine gewagte Festnahme zu rechtfertigen. Was die Detectives, die in den frühen Morgenstunden in die Banyan Street kamen, dazu brachte, den Unfall genauer als nur routinemäßig unter die Lupe zu nehmen, waren einige auffallende Ungereimtheiten. Während Lucille Miller ausgesagt hatte, sie sei mit etwa 55 km/h gefahren, als der Wagen nach rechts zog und zum Stehen kam, ergab eine Untersuchung des abkühlenden Volkswagens, daß ein niedriger Gang eingelegt war und daß nicht das Fahr-, sondern das Standlicht eingeschaltet war. Zudem standen die Vorderräder nicht in genau der Position, die Lucille Millers Beschreibung des Unfalls nahelegte, und das rechte Hinterrad war tief eingegraben, als hätte es durchgedreht. Auch erschien es den Detectives seltsam, daß nach einem abrupten Halt aus 55 km/h – dem Ruck nämlich, der einen Benzinkanister auf dem

Rücksitz umgestoßen und dadurch irgendwie das Feuer ausgelöst haben sollte – zwei Milchtüten auf dem Boden vor der Rückbank nach wie vor aufrecht standen sowie die Überreste einer Polaroidkamera offenbar in unveränderter Position auf der Rückbank lagen.

Allerdings war von keinem Menschen eine präzise Schilderung dessen zu erwarten, was in einem Augenblick des Schreckens geschah und was nicht, und keine dieser Ungereimtheiten war für sich genommen ein unumstößlicher Beweis für eine kriminelle Absicht. Dennoch interessierte man sich beim Sheriff dafür, ebenso dafür, daß Gordon Miller zur Zeit des Unfalls anscheinend bewußtlos war und daß Lucille Miller so lange gebraucht hatte, um Hilfe zu holen. Aber noch etwas erschien den Untersuchungsbeamten verdächtig, und das war Harold Lances Auftreten, als er das dritte Mal in die Banyan Street kam und feststellte, daß die Untersuchung keineswegs schon beendet war. «Es war die Art, wie Lance reagierte», sagte der Staatsanwalt später, «da dachten sie, sie hätten einen Nerv getroffen.»

Und so kam es, daß man am Morgen des 8. Oktober, noch bevor der Arzt gekommen war, um Lucille Miller eine Beruhigungsspritze zu geben, im Büro des Sheriffs von San Bernardino County versuchte, eine andere Version dessen zu entwickeln, was zwischen 0.30 Uhr und 1.50 Uhr geschehen sein könnte. Die Hypothese, die schließlich vorgelegt wurde, basierte auf der etwas konstruierten Annahme, daß Lucille einen Plan ausführen wollte und gescheitert war: Einen Plan, demzufolge sie mit dem Wagen auf der einsamen Straße anhalten, ihren vermutlich betäubten Mann mit Benzin übergießen und, mit einem Stock auf dem Gaspedal, den Volkswagen vorsichtig über die Böschung schieben wollte, wo er einen Meter die Stützmauer hinab in den Zitronenhain stürzen und mit ziemlicher Sicherheit explodieren würde. Wenn das eingetreten wäre, hätte Lucille Miller die zwei Meilen die Carnelian hoch zu Bella Vista irgendwie schaffen und rechtzeitig zu Hause sein können, bevor der Unfall bemerkt worden wäre. Der Hypothese des Sheriffs zufolge ging dieser Plan schief, weil der Wagen nicht über die Kuppe der Böschung wollte. Lucille Miller sei danach in Panik geraten – nachdem sie den Motor etwa zum dritten und vierten Mal abgewürgt habe, da auf der dunklen Straße schon alles voller Benzin gewesen sei, die Hunde gebellt hätten, es windig gewesen sei, und sie entsetzliche Angst gehabt habe, daß plötzlich ein Scheinwerferpaar die Banyan Street erhellen und sie anstrahlen könne – und habe selbst Feuer gelegt.

Obwohl diese Version einige der Indizien erklärte – den eingelegten ersten Gang, weil sie aus dem Stillstand angefahren war, das eingeschaltete Standlicht, weil sie das, was erforderlich war, nicht ohne etwas Licht tun konnte, das durch mehrere Versuche, den Wagen über die Böschung zu bekommen, eingegrabene Hinterrad, die aufrecht stehenden Milchtüten, weil es keine Vollbremsung gegeben hatte –, erschien sie für sich genommen nicht mehr oder weniger glaubwürdig als Lucille Millers Geschichte. Zudem stützten einige Indizien auch ihre Version: ein Nagel in einem Vorderreifen, ein acht Pfund schwerer Stein, der im Wagen gefunden wurde, vermutlich der, mit dem sie bei dem Versuch, ihren Mann zu retten, das Fenster eingeschlagen hatte. Wenige Tage später ergab die Autopsie, daß Gordon Miller lebte, als er verbrannte, was der Anklage nicht besonders nützte, und daß er genügend Nembutal und Sandoptal im Blut hatte, um einen durchschnittlichen Mann einzuschläfern, was ihr nützte: andererseits nahm Gordon Miller ständig Nembutal wie auch Fiorinal (ein gängiges Kopfschmerzmittel, das Sandoptal enthält) und war zudem noch krank.

Die Anklage stand auf wackligen Füßen, und damit sie überhaupt aufrechtzuerhalten war, brauchte die Staatsanwaltschaft ein Motiv. Es ging die Rede von Unzufriedenheit, von einem andern Mann. Während der nächsten Wochen machte man sich daran, ein solches Motiv nachzuweisen. Sie suchten danach in den Hauptbüchern von Steuerberatern, in Klauseln über doppelte Versicherungssummen und in Gästebüchern von Motels, machten sich daran zu ergründen, was eine Frau, die an all die Verheißungen der Mittelschicht glaubte – eine Frau, die Vorsitzende des Herzfonds gewesen war, die immer eine günstige kleine Schneiderin kannte und die aus der öden Wildnis des Präriefundamentalismus gekommen war auf der Suche nach dem, was sie sich unter dem guten Leben vorstellte –, was eine solche Frau dazu bringen könnte, in einer Straße namens Bella Vista zu hocken, aus ihrem neuen Panoramafenster in die leere kalifornische Sonne zu starren und zu überlegen, wie sie ihren Mann in einem Volkswagen bei lebendigem Leib verbrennen könnte. Der Ansatzpunkt, den sie brauchten, lag näher, als sie erwartet hatten, denn Lucille Miller hatte, wie eine

Aussage später bei der Verhandlung enthüllte, im Dezember 1963 eine Affäre mit dem Mann einer ihrer Freundinnen angefangen, einem Mann, dessen Tochter sie «Tante Lucille» nannte, einem Mann, der offenbar ein Händchen für Leute und Geld und das gute Leben hatte, an dem es Cork Miller so auffallend mangelte. Der Mann war Arthwell Hayton, ein bekannter Anwalt aus San Bernardino und früher einmal Mitarbeiter der Bezirksstaatsanwaltschaft.

In gewisser Weise war es die konventionelle heimliche Affäre in einer Stadt wie San Bernardino, einer Stadt, in der es wenig Heiteres oder Schönes gibt, wo es üblich ist, die Zukunft zu verlieren, und leicht, sie erst einmal im Bett zu suchen. Im Verlauf der sieben Wochen, die der Mordprozeß gegen Lucille Miller dauerte, entwickelten der stellvertretende Bezirksstaatsanwalt Don A. Turner und der Verteidiger Edward P. Fowley eine eigenartig klischeehafte Geschichte. Da waren die gefälschten Einträge in Motelgästebüchern. Da waren die Lunchverabredungen, die nachmittäglichen Ausfahrten in Haytons rotem Cadillac-Cabriolet. Da waren die unendlichen Diskussionen der getäuschten Partner. Da waren die Eingeweihten («Ich wußte alles», betonte Sandy Slagle später grimmig. «Ich wußte es jedesmal, wann, wo, alles»), da waren die Worte, die man aus Groschenromanen kannte («Nicht küssen, das bringt alles ins Rollen», erinnerte sich Lucille Miller, zu Arthwell Hayton einmal nach dem Lunch auf dem Parkplatz des Harold's Club in Fontana gesagt zu haben), und da waren die Zettelchen, die Liebesbriefchen: «Hallo Spatz! Du bist genau mein Fall!! Alles Gute zum Geburtstag – Du siehst keinen Tag älter als 29 aus!! Dein Süßer, Arthwell.»

Und zum Ende hin gab es Bissigkeiten. Am 24. April 1964 starb unvermittelt Arthwell Haytons Frau Elaine, und danach war nichts mehr gut. An dem Wochenende war Arthwell Hayton mit seiner Jacht *Captain's Lady* zur Insel Catalina hinübergefahren; Freitag abend um neun Uhr rief er zu Hause an, sprach aber nicht mit seiner Frau, weil Lucille Miller abnahm und sagte, Elaine dusche gerade. Am nächsten Morgen entdeckte die Tochter der Haytons ihre Mutter im Bett, tot. In den Zeitungen hieß es, der Tod sei ein Unfall, möglicherweise die Folge einer Haarsprayallergie. Als Arthwell Hayton an jenem Wochenende dann nach Hause flog, holte Lucille Miller ihn am Flughafen ab, doch da stand das Ende schon fest.

Mit diesem Bruch verließ die Affäre die konventionellen Gleise und begann statt dessen, den Romanen von James M. Cain und den Filmen der späten dreißiger Jahre und all den Träumen zu ähneln, in denen Gewalt, Drohungen und Erpressung zu Allgemeinplätzen des Lebens der Mittelschicht gemacht werden. Am auffallendsten an dem Fall, den der Staat Kalifornien gegen Lucille Miller vorbereitete, war etwas, was mit dem Gesetz überhaupt nichts zu tun hatte, etwas, was in den achtspaltigen Schlagzeilen der Nachmittagspresse gar nicht auftauchte, aber immer dazwischen gestanden hatte: die Enthüllung, daß der Traum die Träumer lehrte, wie man leben soll. Da sagt Lucille Miller zu ihrem Liebhaber irgendwann im Frühsommer 1964, nachdem dieser angedeutet hatte, auf Anraten seines Geistlichen beabsichtige er nicht mehr, sie wiederzusehen: «Als erstes gehe ich zu deinem lieben Pastor da und erzähle ihm ein paar Sachen... Und wenn ich ihm das sage, dann warst du die längste Zeit in der Redlands Church... Paß nur auf, mein Lieber, wenn du glaubst, daß dein Ruf dadurch ruiniert wird, dann ist dein Leben keine zwei Cent mehr wert.» Und Arthwell Hayton zu Lucille Miller: «Und ich gehe zu Sheriff Frank Bland und erzähle ihm ein paar Sachen, die ich von dir weiß, und dann wünschst du, du hättest Arthwell Hayton nie kennengelernt.» Für eine Affäre zwischen der Frau eines Siebenten-Tags-Adventisten-Zahnarztes und einem Siebenten-Tags-Adventisten-Anwalt für Persönlichkeitsrecht ein merkwürdiger Dialog.

«Mann, der Junge hat mir vielleicht aus der Hand gefressen», vertraute Lucille Miller später Erwin Sprengle an, einem Bauunternehmer aus Riverside, der Geschäftspartner von Arthwell Hayton und mit beiden Geliebten befreundet war. (Befreundet oder nicht, bei der Gelegenheit hatte er zufälligerweise eine Induktionsspule an seinem Telefon angebracht, um Lucilles Anruf aufzunehmen.) «Und er hat nichts gegen mich in der Hand, das er beweisen kann. Ich hab nämlich konkrete – aber er nicht.» Bei demselben aufgenommenen Gespräch mit Erwin Sprengle erwähnte Lucille Miller auch ein Band, das sie schon Monate zuvor heimlich in Arthwell Haytons Wagen aufgenommen hatte.

«Ich hab zu ihm gesagt: ‹Arthwell, ich komm mir so benutzt vor› ... Er kaut am Daumen und sagt: ‹Ich liebe dich... Und das nicht erst seit gestern. Ich würde dich morgen heiraten, wenn ich könnte. Ich liebe

Elaine nicht.› Das würde er sicher gern vorgespielt kriegen, was?»

«Ja», ertönte Sprengles schleppende Stimme auf dem Band. «Das würd ihn schon ein bißchen belasten, was?»

«Schon ein *bißchen* belasten», stimmte Lucille Miller zu. «Und *wie*.»

Weiter fragte Sprengle Lucille Miller auf dem Band, wo Cork Miller sei.

«Der ist mit den Kindern in die Kirche.»

«Du bist nicht mit?»

«Nein.»

«Ganz schön dreist.»

Zudem geschah das alles im Namen der «Liebe»; alle Beteiligten hatten einen magischen Glauben an die Wirksamkeit allein des Wortes. Da war die Bedeutung, die Lucille Miller in Arthwells Bemerkung sah, daß er sie «liebe», daß er Elaine nicht «liebe». Später beharrte Arthwell bei der Verhandlung dann darauf, daß er das nie gesagt habe, daß er ihr vielleicht «Zärtlichkeiten ins Ohr geflüstert» habe (was er, wie ihre Verteidigung andeutete, vielen ins Ohr geflüstert hatte), doch könne er sich nicht erinnern, diese besondere Bekräftigung gewährt, das Wort gesagt, ihr seine «Liebe» erklärt zu haben. Dann war da noch der Sommerabend, an dem Lucille Miller und Sandy Sagle Arthwell

Hayton zu seinem neuen Boot an seinem Liegeplatz in Newport Beach folgten und die Leinen losmachten, während Arthwell an Bord war, Arthwell und ein Mädchen, mit dem er, wie er später aussagte, heiße Schokolade getrunken und ferngesehen habe. «Das habe ich mit Absicht gemacht», sagte Lucille Miller später zu Erwin Sprengle, «um zu verhindern, daß mein Herz etwas Verrücktes machte.»

Der 11. Januar 1965 war in Südkalifornien ein heller, warmer Tag, ein Tag, an dem die Insel Catalina am pazifischen Horizont schwebt und die Luft nach Orangenblüten riecht und der öde und schwierige Osten ganz weit weg, die Kälte ganz weit weg, die Vergangenheit ganz weit weg sind. In Hollywood veranstaltete eine Frau ein nächtliches Sit-in auf der Motorhaube ihres Wagens, damit eine Finanzierungsgesellschaft ihn nicht wieder abholte. Ein siebzigjähriger Rentner fuhr in seinem Kombi mit 10 Stundenkilometern an drei Pokersälen in Gardena vorbei und entlud drei Pistolen und ein Zwölfkaliber-Gewehr durch die Fenster, wodurch er neunundzwanzig Menschen verletzte. «Viele junge Frauen werden Prostituierte, bloß damit sie genug Geld zum Kartenspielen haben», erklärte er in einem Brief. Eine Mrs. Nick Adams sagte, sie sei «nicht überrascht» gewesen, als sie hörte, wie ihr Mann seine Scheidungspläne in der Les Crane Show verkündete, und weiter nördlich überlebte eine Sechzehnjährige den Sprung von der Golden Gate Bridge.

Und im Gericht von San Bernardino County wurde der Miller-Prozeß eröffnet. Der Andrang war so gewaltig, daß die gläsernen Gerichtssaaltüren unter dem Ansturm zu Bruch gingen, und von da an wurden an die ersten dreiundvierzig Zuschauer in der Schlange Kontrollscheiben ausgegeben. Ab 6 Uhr morgens bildete sich die Schlange, und Collegemädchen kampierten mit einem Vorrat an Grahamcrackern und NoCal die ganze Nacht vor dem Gerichtsgebäude.

In jenen ersten Tagen wurden lediglich die Geschworenen ausgesucht, doch daß der Fall Aufsehen erregen würde, hatte sich schon angedeutet. Anfang Dezember hatte es bereits eine erste abgebrochene Verhandlung gegeben, eine Verhandlung, bei der noch keinerlei Anträge vorgelegt waren, weil an dem Tag, an dem die Geschworenen bestimmt wurden, im San Bernadinoer *Sun-Telegram* ein «Insider»-Artikel erschien, in dem der stellvertretende Bezirksstaatsanwalt Don Turner, der

Ankläger, folgendermaßen zitiert wurde: «Wir untersuchen die Umstände von Mrs. Haytons Tod. Im Hinblick auf das laufende Verfahren den Tod Dr. Millers betreffend, möchte ich lieber keinen Kommentar zu Mrs. Haytons Tod abgeben.» Offenbar waren in Elaine Haytons Blut Barbiturate gefunden worden, und die Kleidung, in der sie an dem Morgen tot unter der Bettdecke aufgefunden wurde, war auffällig gewesen. Zweifel an der Todesursache waren damals allerdings nicht bis ins Büro des Sheriffs gedrungen. «Wahrscheinlich wollte niemand schlafende Hunde wecken», sagte Turner später. «Das waren schließlich Prominente.»

Obwohl das alles nicht in dem Artikel im *Sun-Telegram* gestanden hatte, wurde der Prozeß sofort wegen Verfahrensmängeln ausgesetzt. Fast ebenso plötzlich hatte eine andere Entwicklung stattgefunden: Arthwell Hayton hatte Zeitungsleute für Sonntag morgen um 11.00 Uhr zu einer Pressekonferenz in sein Büro geladen. Fernsehkameras liefen, Blitzlichtbirnen platzten. «Wie die Herren vermutlich wissen», hatte Hayton mit förmlicher Jovialität gesagt, «gibt es häufig Frauen, die ihrem Arzt oder Anwalt gegenüber Annäherungsversuche machen. Das bedeutet nicht, daß er seinerseits romantische Gefühle für die Patientin oder Klientin hegt.»

«Würden Sie bestreiten, daß Sie eine Affäre mit Mrs. Miller hatten?» hatte ein Reporter gefragt.

«Ich würde bestreiten, daß es meinerseits romantische Gefühle gegeben hat.»

An dieser Unterscheidung hielt er die ganzen anstrengenden Wochen, die noch bevorstanden, fest.

Sie waren also gekommen, um Arthwell zu sehen, die Massen, die sich unter den staubigen Palmen vor dem Gerichtsgebäude drängten, und sie waren auch gekommen, um Lucille zu sehen, die als zierliche, immer wieder auch hübsche, vom Mangel an Sonne schon bleiche Frau erschien, eine Frau, die, bevor der Prozeß zu Ende ging, fünfunddreißig werden würde und deren Neigung zur Verhärmtheit sich schon andeutete, eine penibel gepflegte Frau, die, entgegen dem Rat ihres Anwalts, darauf beharrte, mit aufgetürmten und gespraytem Haar zur Verhandlung zu kommen. «Ich wäre froh gewesen, wenn sie es einfach hätte hängen lassen, aber das wollte Lucille nicht», sagte ihr Anwalt Edward P. Foley, ein kleiner, gefühlsbetonter Mann irisch-katholischer Herkunft, der mehrmals im Gerichtssaal weinte. «Sie ist von großer Ehrlichkeit, diese Frau», fügte er hinzu, «aber ihre Ehrlichkeit hinsichtlich ihres Erscheinungsbildes hat immer gegen sie gearbeitet.»

Als der Prozeß dann eröffnet wurde, schloß Lucille Millers Erscheinungsbild auch Umstandskleider ein, denn eine amtliche Untersuchung am 18. Dezember hatte ergeben, daß sie da schon im vierten Monat schwanger war, was die Auswahl der Geschworenen noch schwieriger als gewöhnlich machte, da Turner die Todesstrafe forderte. «Es ist bedauerlich, aber so ist es eben», sagte er reihum zu jedem einzelnen Geschworenen über die Schwangerschaft, und schließlich waren zwölf bestimmt, sieben davon Frauen, die jüngste einundvierzig, eine Versammlung genau der Schicht – Hausfrauen, ein Maschinist, ein LKW-Fahrer, der Leiter eines Lebensmittelladens, ein Registraturangestellter –, über der Lucille Miller so gern gestanden hätte.

Und mehr noch als der Ehebruch war das die Sünde, die diejenige, deren sie beschuldigt wurde, womöglich noch schwerer machte. Sowohl die Verteidigung als auch die Anklage gingen stillschweigend davon aus, daß Lucille Miller eine irregeleitete Frau war, eine, die vielleicht zuviel wollte. Für die Anklage aber war sie nicht nur eine Frau, die ein neues Haus wollte, die auf Parties gehen und hohe Telefonrechnungen auflaufen lassen wollte (1152 Dollar in zehn Monaten), sondern eine, die soweit ging, ihren Mann wegen seiner 80000 Dollar Versicherung zu ermorden, und es darüber hinaus als Unfall tarnte, um auch noch die zusätzliche Summe von 40000 Dollar zu kassieren. Für Turner war sie eine Frau, die nicht einfach nur ihre Freiheit wollte, sondern alles, eine Frau, deren Beweggründe «Liebe und Gier» waren. Sie «manipulierte». Sie «benutzte Menschen». Für Edward Foley wiederum war sie eine impulsive Frau, die «ihr törichtes kleines Herz nicht unter Kontrolle halten» konnte. Drückte Turner sich um ihre Schwangerschaft, so strich Foley sie heraus und ließ sogar die Mutter des Toten aus Washington vorladen, damit sie aussagte, ihr Sohn habe ihr erzählt, sie wollten noch ein Kind haben, weil Lucille meinte, es «würde viel dazu beitragen, unser Zuhause wieder zu den angenehmen Beziehungen zusammenzuschweißen, die wir immer hatten». Sah die Anklage in ihr eine «Berechnende», erkannte die Verteidigung sie als «Plappermaul», und tatsächlich erwies Lucille Miller sich als geschickte Unterhalterin. Ebenso wie sie sich vor dem Tod ihres Mannes ihren Freundinnen mit ihrer Liebesaffäre anvertraut hatte, plauderte sie auch nach seinem Tod mit dem Sergeant, der sie verhaftete. «Natürlich lebte Cork jahrelang damit, wissen Sie», ließ sich ihre Stimme auf einem Band, das am Vormittag ihrer Verhaftung aufgenommen wurde, Sergeant Paterson gegenüber vernehmen. «Nachdem Elaine gestorben war, kriegte er eines Nachts die Panik und fragte mich rundheraus, und da, glaube ich, mußte er sich wirklich – mußte er sich dem zum ersten Mal wirklich stellen.» Als der Sergeant sie fragte, warum sie denn gegen die ausdrückliche Anweisung ihrer Anwälte mit ihm rede, sagte Lucille Miller nonchalant: «Ach, im Grunde war ich immer ein ehrlicher Mensch... Na ja, ich könnte mir zwar einen Hut in den Schrank legen und sagen, er hat zehn Dollar weniger gekostet, aber im Grunde hab ich immer genauso gelebt, wie ich wollte, und wem das nicht paßt, der kann ja abhauen.»

Die Anklage spielte auf andere Männer außer Arthwell an und schaffte es gegen Foleys Einsprüche sogar, einen zu nennen. Die Verteidigung bezeichnete Miller als selbstmordgefährdet. Die Anklage brachte Experten bei, die aussagten, das Feuer im Volkswagen habe nicht durch einen Unfall ausbrechen können. Foley brachte welche bei, die aussagten, es hätte so sein können. Lucilles Vater, inzwischen Mittelschullehrer in Oregon, zitierte Reportern gegenüber Jesaja: «*Und alle Zunge, so sich wider dich setzt, sollst du im Gericht verdammen.*» «Lucille hat unrecht getan mit ihrer Affäre», sagte ihre Mutter umsichtig. «Bei ihr war es Liebe. Aber bei anderen war es wohl nur Leidenschaft.» Dann war da Debbie, die vierzehnjährige Tochter der Millers, die mit fester Stimme aussagte, ihre Mutter und sie seien in der Woche vor dem Unfall in einen Supermarkt gefahren, um den Benzinkanister zu kaufen. Und Sandy Slagle, die jeden Tag im Gerichtssaal saß. Sie erklärte, Lucille Miller habe wenigstens einmal ihren Mann nicht nur davor bewahrt, Selbstmord zu begehen, sondern auf eine Art Selbstmord zu begehen, die wie ein Unfall aussehen würde, damit sie die doppelte Versicherungssumme bekäme. Da war Wenche Berg, das hübsche siebenundzwanzigjährige norwegische Kindermädchen der Haytons, die aussagte, Arthwell habe ihr aufgetragen, dafür zu sorgen, daß Lucille Miller die Kinder weder sah noch mit ihnen redete.

Zwei Monate zogen sich dahin, und die Schlagzeilen fanden kein Ende. Die Gerichtsreporter von Südkalifornien hatten nun für die Dauer des Prozesses ihr Hauptquartier in San Bernardino aufgeschlagen: Howard Hertel von der *Times*, Jim Bennett und Eddy Jo Bernal vom *Herald-Examiner*. Zwei Monate, in denen der Miller-Prozeß nur durch die Oscar-Nominierungen und den Tod Stan Laurels von der Titelseite verdrängt wurde. Und endlich, am 2. März, nachdem Turner wiederholt hatte, es handele sich um einen Fall von «Liebe und Gier», und Foley protestiert hatte, seine Mandantin stehe wegen Ehebruchs vor Gericht, ging der Fall an die Geschworenen.

Am 5. März um 16.50 Uhr verkündeten sie das Urteil, schuldig des Mordes. «Sie war es nicht», schrie Debbie Miller und sprang im Zuschauerraum auf. «Sie *war* es nicht.» Sandy Slagle brach auf ihrem Stuhl zusammen und fing an zu kreischen. «Sandy, um Gottes willen, bitte *nicht*», sagte Lucille Miller in einer Stimme, die durch den ganzen Saal zu hören war, und vorübergehend verstummte Sandy Slagle. Doch als die Geschworenen den Gerichtssaal verließen, schrie sie erneut: «Ihr Mörder... Jeder einzelne von euch ist ein *Mörder*.» Dann kamen Polizisten herein – jeder trug eine schmale Fliege, auf der «1965 SHERIFF'S RODEO» stand –, und Lucilles Vater, der Mittelschullehrer mit dem traurigen Gesicht, der an das Wort Gottes glaubte und daran, daß es gefährlich ist, die Welt sehen zu wollen, warf ihr eine Kußhand zu.

Das Frauengefängnis von Kalifornien in Frontera, wo Lucille Miller nun ist, steht dort, wo die Euclid Avenue zur Landstraße wird, nicht sehr weit von da, wo sie einst lebte und einkaufte und den Herzfonds-Ball organisierte. Vieh grast auf der Straße, und Regenkuckucke sprenkeln die Luzernen. Frontera hat einen Softballplatz und Tennisplätze und könnte fast ein kalifornisches Junior College sein, nur daß die Bäume noch nicht hoch genug sind, um den Ziehharmonikadraht auf dem Maschendrahtzaun zu verdecken. An Besuchstagen stehen große Wagen auf dem Parkplatz, große Buicks und Pontiacs, die Großeltern und Schwestern und Vätern gehören (nicht sehr viele gehören Ehemännern), und viele tragen Aufkleber, auf denen steht: «UNTERSTÜTZT EURE ORTSPOLIZEI».

Viele kalifornische Mörderinnen leben hier, viele Mädchen, die die Verheißung irgendwie falsch verstanden hatten. Don Turner brachte nach den Wüstenmorden von 1959, Gerichtsreportern als die «Limonaden-Morde» bekannt, Sandra Garner hierher (und ihren Mann in die Gaskammer von San Quentin). Carole Tregoff ist hier, seit sie wegen des Mordkomplotts an Dr. Finchs Frau in West Corvina – was nicht weit von San Bernardino liegt – verurteilt wurde. Carole Tregoff ist übrigens Schwesternhelferin im Gefängniskrankenhaus und hätte Lucille Miller vielleicht zur Seite gestanden, wenn diese ihr Kind in Frontera bekommen hätte; Lucille Miller wollte es jedoch lieber draußen bekommen und bezahlte die Wache, die vor dem Kreißsaal im Krankenhaus von San Bernardino stand. Debbie Miller kam, um das Baby in seinem weißen Kleid mit den rosa Bändern nach Hause zu bringen, und Debbie durfte auch den Namen aussuchen. Sie nannte das Baby Kimi Kai. Die Kinder wohnen jetzt bei Harold und Joan Lance, weil Lucille Miller wahrscheinlich zehn Jahre in Frontera absitzen muß. Don Turner verzichtete auf seinen ursprünglichen Antrag auf Todesstrafe (man war allgemein der Ansicht, er habe sie nur gefordert, um, in Edward Foleys Worten, «jeden mit einem letzten Rest von Menschenfreundlichkeit in den Adern von der Geschworenenbank fernzuhalten») und begnügte sich mit Lebenslänglich mit der Möglichkeit der Bewährung. Lucille Miller gefällt es in Frontera nicht, sie hatte Anpassungsschwierigkeiten. «Sie wird Demut lernen müssen», sagte Turner. «Sie wird ihre Fähigkeit zu bezaubern, zu manipulieren, nutzen müssen.»

Das neue Haus steht nun leer, das Haus an der Straße mit dem Schild, auf dem steht:

PRIVATSTRASSE
BELLA VISTA
SACKGASSE

Die Millers waren nicht mehr dazu gekommen, den Garten anzulegen, und um die Umgrenzung aus Feldsteinen wächst Unkraut. Die Fernsehantenne ist vom Dach gefallen, und eine Mülltonne ist vollgestopft mit den Überresten des Familienlebens: ein billiger Koffer, ein Kinderspiel namens «Lügendetektor». Auf der Fläche, die einmal Rasen hätte sein sollen, steht ein Schild mit der Aufschrift «GRUNDSTÜCKSVERKAUF». Edward Foley versucht, mit Lucille Millers Fall in die Berufung zu gehen, doch es gibt Verzögerungen. «Ein Prozeß ist letztlich immer eine Frage des Mitgefühls», sagt Foley heute müde. «Ich konnte kein Mitgefühl für sie wecken.» Alle sind jetzt ein wenig müde, müde und resigniert, alle bis auf Sandy Slagle, deren Verbitterung nicht nachgelas-

sen hat. Sie lebt in einer Wohnung in der
Nähe des Medizinischen Instituts von Linda
Loma und studiert Berichte über den Fall in
True Police Cases und *Official Detective Stories*. «Es wäre mir sehr recht, wenn wir nicht
zu viel über die Hayton-Geschichte reden
würden», sagt sie zu Besuchern, und sie läßt
ein Tonband mitlaufen. «Viel lieber möchte
ich über Lucille reden, was für ein wunderbarer Mensch sie ist und wie sehr sie in ihren
Rechten verletzt wurde.» Harold Lance redet
überhaupt nicht mit Besuchern. «Wir möchten nichts verschenken, was wir verkaufen
können», erklärt er heiter; sie hatten versucht, Lucille Millers persönliche Geschichte
an *Life* zu verkaufen, doch *Life* wollte sie
nicht. Bei der Bezirksstaatsanwaltschaft werden nun andere Morde verfolgt, und man begreift dort nicht, warum der Miller-Prozeß so
viel Aufsehen erregte. «Als reiner Mordfall
war das nicht besonders interessant», sagt
Don Turner lakonisch. Elaine Haytons Tod
wird nicht mehr untersucht. «Wir wissen alles, was wir wissen müssen», sagt Turner.

Arthwell Haytons Büro liegt direkt unter
dem Edward Foleys. Manche in San Bernardino meinen, Arthwell Hayton habe gelitten;
andere meinen, er habe überhaupt nicht gelitten. Vielleicht hat er ja nicht gelitten, denn

dort im Goldenen Land, wo jeden Tag die Welt neu geboren wird, glaubt man nicht, daß die Vergangenheit für die Gegenwart oder die Zukunft von Belang ist. Wie auch immer, am 17. Oktober 1965 heiratete Arthwell Hayton wieder, heiratete das hübsche Kindermädchen Wenche Berg, der Gottesdienst fand in der Rosenkapelle in einem Rentnerdorf bei Riverside statt. Später wurden die Neuvermählten auf einem Empfang von fünfundsiebzig Personen im Speisesaal von Rose Garden Village gefeiert. Der Bräutigam trug einen Smoking und eine weiße Nelke im Knopfloch. Die Braut trug ein langes weißes *peau de soie*-Kleid und in der Hand einen großen Strauß Polyantharosen mit Asclepias-Girlanden daran. Ein Krönchen aus Staubperlen hielt ihren Illusionsschleier.

1966

John Wayne: Ein Liebeslied

Im Sommer 1943 war ich acht, und mein Vater, meine Mutter, mein kleiner Bruder und ich waren in Peterson Field in Colorado Springs. Den ganzen Sommer über wehte ein heißer Wind, wehte, bis man meinte, aller Staub aus Kansas würde bis August in Colorado sein, würde die Dachpappekaserne und das provisorische Rollfeld überziehen und sich erst legen, wenn er in Pike Peaks angekommen wäre. In so einem Sommer war nicht viel los: Da war der Tag, an dem sie die neue B-29 einführten, ein denkwürdiges Ereignis, aber wohl kaum ein Ferienprogramm. Es gab einen Offiziersclub, aber keinen Swimmingpool; das einzig Interessante, was der Offiziersclub zu bieten hatte, war ein künstlicher blauer Regen hinter der Bar. Der Regen interessierte mich ziemlich, aber ich konnte nicht den ganzen Sommer damit verbringen, ihn zu betrachten, also gingen wir, mein Bruder und ich, häufig ins Kino.

Drei-, viermal die Woche gingen wir nachmittags hin, saßen auf Klappstühlen in der abgedunkelten Blechbaracke, die als Kino diente, und da, in jenem Sommer 1943, draußen wehte der heiße Wind, sah ich zum erstenmal John Wayne. Sah den Gang, hörte die Stimme. Hörte ihn zu dem Mädchen in einem Film namens *War of the Wildcats* sagen, er wolle ihr ein Haus bauen, «an der Biegung des Flusses, wo die Pappeln stehen». Nun bin ich nicht gerade zu einer typischen Westernheldin herangewachsen, und obwohl die Männer, denen ich begegnet bin, vielerlei für sich hatten und mich an viele Orte mitnahmen, an denen wir gemeinsam lebten und die ich liebgewann, waren sie doch nie John Wayne, und nie haben sie mich an jene Biegung des Flusses gebracht, wo die Pappeln stehen. Irgendwo in meinem tiefsten Herzen, dort, wo unaufhörlich der künstliche Regen fällt, ist das noch immer der Satz, auf den ich warte.

Ich erzähle dies weder als Selbstoffenbarung noch als eine Übung in perfektem Gedächtnis, sondern lediglich, um zu demonstrieren, daß John Wayne, als er durch meine Kindheit ritt und vielleicht auch durch die Ihre, die Form bestimmter Träume auf immer prägte. Es schien unmöglich, daß ein solcher Mann krank werden könnte, daß er in sich jene unerklärlichste und unbeherrschbarste aller Krankheiten tragen könnte. Das

Gerücht rührte an eine verborgene Angst, stellte unsere gesamte Kindheit in Frage. In John Waynes Welt war es doch eigentlich John Wayne, der die Befehle gab. «Reiten wir», sagte er, und «Aufsatteln!» «Vorwärts!» und «Ein Mann muß tun, was er tun muß.» «Ha*llo*», sagte er, wenn er das Mädchen zum erstenmal sah, in einem Baulager oder im Zug oder wenn er einfach auf der Veranda stand und darauf wartete, daß jemand durch das hohe Gras herangeritten kann. Wenn John Wayne sprach, dann waren seine Absichten unmißverständlich; seine sexuelle Autorität war so stark, daß sogar ein Kind sie spüren konnte. Und in einer Welt, die wir schon früh als von Korruption und Zweifel und lähmenden Ambivalenzen gezeichnet wahrnahmen, kündete er von einer anderen Welt, einer, die es einst gegeben haben mochte oder auch nicht, die es aber jedenfalls nicht mehr gab: ein Ort, wo ein Mann sich frei bewegen, sich seinen eigenen Kodex schaffen und danach leben konnte; einer Welt, in der ein Mann, wenn er tat, was er tun mußte, sich eines Tages das Mädchen nehmen, mit ihm durchs Tal reiten und dann zu Hause und frei sein konnte und nicht in einem Krankenhaus, weil etwas in ihm falsch lief, nicht in einem hohen Bett mit den Blumen und den Medikamenten und dem gezwungenen Lächeln, sondern dort an der Biegung des schimmernden Flusses, wo die Pappeln frühmorgens in der Sonne blinkten.

«Hal*lo*.» Wo kam er her, noch vor dem hohen Gras? Selbst seine Geschichte wirkte da passend, denn es war gar keine Geschichte, nichts, was den Traum störte. Als Marion Morrison, Sohn eines Drogisten, in Winterset, Iowa, geboren. Mit den Eltern nach Lancaster, Kalifornien, gezogen als Teil der Völkerwanderung in jenes gelobte Land, das zuweilen «die Westküste Iowas» genannt wurde. Nicht daß Lancaster dieses Lob verdient hätte; Lancaster war eine Stadt an der Mojave-Wüste, wo der Staub hindurchwehte. Aber Lancaster war immerhin Kalifornien, und von dort war es nur ein Jahr bis Glendale, wo die Trostlosigkeit ein anderes Aroma hatte: Sofaschoner inmitten von Orangenhainen, ein bürgerliches Vorspiel zu Forest Lawn. Man stelle sich Marion Morrison in Glendale vor. Erst Pfadfinder, dann Schüler in der Glendale High. Die Zulassung zur University of Southern California, dann der Studentenclub Sigma Chi. Sommerferien, ein Job als Kulissenschieber auf dem alten Fox-Gelände. Dort die Begegnung mit John

Ford, einem von mehreren Regisseuren, die spüren sollten, daß in diese vollkommene Form die unausgesprochenen Sehnsüchte einer Nation gegossen werden konnten, einer Nation, die noch immer darüber grübelte, an welchem Paß genau sie die Spur verloren hatte. «Verdammt», sagte Raoul Walsh später, «dieser Scheißer sah aus wie ein Mann.» Und so wurde der Junge aus Glendale wenig später ein Star. Schauspieler wurde er nicht, worauf er seine Interviewer stets gewissenhaft hingewiesen hat («Wie oft soll ich Ihnen noch sagen, daß ich nicht agiere, sondern *reagiere*»), aber ein Star, und der Star mit Namen John Wayne sollte den größten Teil seines restlichen Lebens mit dem einen oder anderen jener Regisseure verbringen, irgendwo an einem gottverlassenen Drehort, auf der Suche nach dem Traum.

Dort, wo der Himmel ein bißchen blauer,
dort, wo die Freundschaft ein bißchen wahrer,
dort fängt der Westen an.

In dem Traum konnte nichts richtig Schlimmes passieren, nichts, womit ein Mann nicht fertigwerden konnte. Doch dann passierte es. Da waren sie, die Gerüchte, und nach einer Weile die Schlagzeilen. «Ich hab den großen K. geputzt», gab John Wayne bekannt, ganz nach John-Wayne-Art, brachte die gesetzlosen Zellen auf das Niveau x-beliebiger Gesetzloser, aber gleichwohl spürten wir alle, daß dies möglicherweise die unvorhersehbare Konfrontation, die eine Schießerei sein würde, die John Wayne verlieren konnte. Ich habe mit Illusion und Wirklichkeit nicht weniger Schwierigkeiten als jeder andere, und ich hatte kein gesteigertes Interesse, John Wayne zu sehen, während er (das dachte ich jedenfalls) gerade genau diese Schwierigkeiten durchmachen mußte, aber dann fuhr ich doch los, hinunter nach Mexiko, wo er gerade den Film drehte, den seine Krankheit so lange verzögert hatte, dort unten im Land des Traums schlechthin.

Es war John Waynes 165. Film. Es war Henry Hathaways 84. Es war Nummer 34 für Dean Martin, der einen alten Vertrag mit Hal Wallis abarbeitete, für den es wiederum die unabhängige Produktion Nummer 65 war. Er hieß *Die vier Söhne der Katie Elder* und war ein Western, und mit dreimonatiger Verzögerung hatten sie die Außenaufnahmen in Durango abgeschlossen und waren nun bei den letzten Innenaufnahmen im Estudio Chrubusco vor den Toren von Mexico City angelangt, und die Sonne war heiß, und die Luft klar, und es war Mittagszeit. Draußen unter den Pfefferbäumen hockten die Jungs von dem mexikanischen Team herum und lutschten Karamelbonbons, weiter unten an der Straße hockten die Techniker in einer Kneipe herum, in der es gefüllten Hummer und einen Tequila für einen amerikanischen Dollar gab. Die Kerle aber, die eigentlichen Gründe der Übung, hockten in der höhlenartigen leeren Kantine herum, alle hockten sie um den großen Tisch herum, stocherten in *huevos con queso* und tranken Carta-Blanca-Bier. Dean Martin, unrasiert. Mack Gray, der dahin geht, wo Martin hingeht. Bob Goodfried, bei Paramount für die Werbung zuständig, der eingeflogen war, um einen Trailer zusammenzustellen, und der einen empfindlichen Magen hatte. «Tee und Toast», warnte er immer wieder. «Das ist es. Dem Salat kann man nicht trauen.» Und Henry Hathaway, der Regisseur, der Goodfried nicht zuzuhören schien. Und John Wayne, der überhaupt niemandem zuzuhören schien.

«Die Woche hat sich ziemlich hingezogen», sagte Dean Martin zum drittenmal.

«Wie kannst du so was sagen?» wollte Mack Gray wissen.

«*Die... Woche... hat... sich... ziemlich... hingezogen*, so kann ich das sagen.»

«Du meinst ja wohl nicht, daß du willst, daß sie bald rum ist.»

«Ich sag's dir klipp und klar, Mack, ich will, daß sie *rum* ist. Morgen abend rasier ich mir den Bart ab, dann ab zum Flughafen und *adiós amigos*! Bye-bye *muchachos*!»

Henry Hathaway steckte sich eine Zigarre an und tätschelte Martin liebevoll den Arm. «Nicht morgen, Dino.»

«Henry, was willst du denn noch dranhängen? Einen Weltkrieg?»

Wieder tätschelte Hathaway Martin den Arm und starrte geradeaus. Am Ende des Tisches erwähnte jemand einen Mann, der etliche Jahre zuvor ohne Erfolg versucht hatte, ein Flugzeug in die Luft zu jagen.

«Der sitzt immer noch», sagte Hathaway plötzlich.

«Sitzt?» Martin war momentan von der Frage abgelenkt, ob er seine Golfschläger mit Bob Goodfried zurückschicken oder sie Mack Gray anvertrauen sollte. «Warum sitzt der, wenn keiner dabei umgekommen ist?»

«Versuchter Mord, Dino», sagte Hathaway sanft. «Ein Kapitalverbrechen.»

«Du meinst, wenn einer schon *versuchen* würde, mich umzubringen, würde er im Knast landen?»

Hathaway nahm die Zigarre aus dem Mund und blickte über den Tisch. «Wenn einer versucht hätte, *mich* umzubringen, dann würde der nicht im Knast landen. Was meinst du, Duke?»

Ganz langsam wischte sich der Adressat von Hathaways Frage den Mund ab, schob den Stuhl zurück und stand auf. Das war das Echte, das Original, die Bewegung, die schon tausend Szenen in 165 flimmernden Grenzgebieten und auf ebensovielen phantasmagorischen Schlachtfeldern zum Höhepunkt geführt hatte, und sie sollte auch diese hier in der Kantine im Estudio Churubusco vor den Toren Mexico Citys zum Höhepunkt führen. «Genau», sagte John Wayne schleppend. «Ich würd ihn umbringen.»

Fast die gesamte Besetzung von *Katie Elder* war in jener Woche nach Hause gefahren; nur die Hauptdarsteller waren noch da, Wayne und Martin, Earl Holliman, Michael Anderson jr. und Martha Hyer. Martha Hyer ließ sich nicht viel blicken, aber hin und wieder redete jemand von ihr und nannte sie dabei meistens «das Mädchen». Neun Wochen waren sie alle zusammen gewesen, sechs davon in Durango. Mexico City war nicht ganz wie Durango; in Städte wie Mexico City kommt auch gern mal die Ehefrau mit, geht dann eine Handtasche kaufen, besucht eine Party bei Merle Oberon Pagliai, sieht sich ihre Bilder an. Aber Durango. Allein der Name verursacht Halluzinationen. Männerland. Dort fängt der Westen an. In Durango hatte es Ahuehuete-Bäume gegeben; einen Wasserfall, Klapperschlangen. Ein Wetter war da gewesen, die Nächte so kalt, daß sie ein, zwei Außenaufnahmen aufgeschoben hatten, bis sie im Churubusco drinnen drehen konnten. «Das lag an dem Mädchen», erklärten sie. «Man konnte das Mädchen nicht so lange in der Kälte lassen.» Henry Hathaway hatte in Durango gekocht, *gazpacho* und Rippchen und Steaks, die Dean Martin aus den Sands hatte einfliegen lassen; auch in Mexico City hatte er kochen wollen, doch die Geschäftsleitung im Hotel Bamer hatte ihm untersagt, in seinem Zimmer einen Backsteingrill aufzubauen. «Da hast du wirklich was verpaßt, *Durango*», sagten sie, manchmal im Scherz, manchmal nicht, bis es zu einem Refrain wurde – zum verlorenen Eden.

Doch wenn Mexico City nicht Durango

war, dann war es auch nicht Beverly Hills. In der Woche war das Churubusco nicht belegt, und da in dem großen Tonstudio, auf dessen Tür LOS HIJOS DE KATIE ELDER stand, da mit den Pfefferbäumen und der hellen Sonne draußen konnten sie für die Dauer des Films die eigentümliche Welt jener Männer aufrechterhalten, die gern Western drehten, eine Welt der Loyalitäten und freundlichen Frotzeleien, der Gefühle und geteilten Zigarren, der unendlichen zusammenhanglosen Erinnerungen; Lagerfeuergespräche, deren einziger Sinn darin bestand, der Nacht, dem Wind, dem Rascheln im Gebüsch eine menschliche Stimme entgegenzuhalten.

«'n Stuntman hat mal in 'nem Film von mir versehentlich was abgekriegt», sagte Hathaway zwischen den Aufnahmen einer aufwendig choreographierten Kampfszene. «Wie hieß er denn noch, hat dann Estelle Taylor geheiratet, haben sich unten in Arizona kennengelernt.»

Worauf sich ein Kreis um ihn schloß, an den Zigarren gefingert wurde. Eine Betrachtung über die heikle Kunst der inszenierten Schlägerei stand bevor.

«Von mir hat in meinem Leben bloß einer was abgekriegt», sagte Wayne. «Versehentlich, mein ich. Das war Mike Mazurki.»

«Ach, der. He, Duke sagt, von ihm hat in seinem Leben bloß einer was abgekriegt, Mike Mazurki.»

«Ausgerechnet der.» Gemurmel, Zustimmung.

«Das war nicht ausgerechnet, das war versehentlich.»

«Glaub ich ja.»

«Da kannst du Gift drauf nehmen.»

«Mann, Mann. Mike Mazurki.»

Und so ging es weiter. Da war Web Overlander, zwanzig Jahre lang Waynes Maskenbildner. Er stand gebeugt in einer blauen Windjacke herum und verteilte Juicy-Fruit-Streifen. «*Insekten*spray», sagte er. «Geh mir weg mit Insektenspray. Insektenspray haben wir in Afrika genug gehabt. Wißt ihr noch, Afrika?» Oder «*Dampf*muscheln. Geh mir weg mit Dampfmuscheln. Von denen haben wir doch seit der Werbetour für *Hatari* die Nase voll. Wißt ihr noch, Bookbinder's?» Da war Ralph Volkie, elf Jahre lang Waynes Trainer; er hatte eine rote Baseball-Mütze auf dem Kopf und trug immer einen Zeitungsartikel von Hedda Hopper mit sich herum, eine Würdigung Waynes. «Diese Hopper ist vielleicht eine», sagte er immer wieder. «Nicht wie so manche andere, die schreiben doch bloß immer krank, krank,

krank, wie kann man den Kerl da *krank* nennen, wo der Schmerzen hat, hustet, den ganzen Tag arbeitet *und sich nie beschwert*. Der Kerl hat den besten Haken seit Dempsey, der ist nicht *krank*.»

Und da war Wayne selbst, der sich gerade durch Nummer 165 kämpfte. Wayne mit seinen dreiunddreißig Jahre alten Sporen, dem staubigen Halstuch, dem blauen Hemd. «Da muß man sich nicht groß Gedanken machen, was man in diesen Streifen anziehen soll», sagte er. «Du kannst ein blaues Hemd anziehen oder, wenn du im Monument Valley bist, auch ein gelbes.» Wayne in einem relativ neuen Hut, einem Hut, in dem er auf eigenartige Weise wie William S. Hart aussah. «Ich hatte mal so einen alten Kavalleriehut, der war gut, aber den hab ich Sammy Davis geliehen. Hab ihn zurückgekriegt, war nicht mehr zu tragen. Wahrscheinlich haben sie ihn Sammy dauernd übern Kopf gedrückt und gesagt *O. K., John Wayne* – na ja, sollte 'n Witz sein.»

Wayne, der zu früh wieder arbeitete, den Film mit einer schlimmen Erkältung und einem quälenden Husten beendete, der schon am Spätnachmittag so fertig war, daß er einen Sauerstoffinhalator auf dem Set brauchte. Und noch immer war das einzig

Wichtige der Code. «Dieser Kerl», murmelte er, als ein Reporter sein Mißfallen erregt hatte. «Zugegeben, ich krieg 'ne Glatze. Zugegeben, ich hab einen Rettungsring um den Hüften. Welcher Siebenundfünfzigjährige hat das nicht? Ganz was Neues. Na, jedenfalls, dieser Kerl.»

Er machte eine Pause, kurz davor, den Kern der Angelegenheit bloßzulegen, den Bruch der Regeln, der ihn mehr als die angeblich falschen Zitate störte, mehr als der Hinweis darauf, daß er nicht mehr Ringo Kid war. «Er kommt an, ohne eingeladen zu sein, aber ich bitte ihn trotzdem rein. Also sitzen wir da und trinken Mescal aus dem Wasserkrug.»

Wieder machte er eine Pause und sah Hathaway bedeutungsvoll an, bereitete ihn auf den unvorstellbaren Ausgang vor. «Die mußten ihm auf sein Zimmer *helfen*.»

Sie erörterten die Vorzüge diverser Preisboxer, sie erörterten die Preise für J & B in Pesos. Sie erörterten die Dialoge.

«So rauh der Kerl auch ist, Henry, ich glaub trotzdem nicht, daß er die *Bibel* seiner Mutter weggeben würde.»

«Ich hätte aber gern einen Schocker, Duke.»

Sie erzählten sich endlos Männerwitze.

«Weißt du, warum das ‹Erinnerungssoße› heißt?» fragte Martin und hielt eine Schale Chili hoch.

«Warum?»

«Weil du dich *am nächsten Morgen dran erinnerst.*»

«Hast du das gehört, Duke? Hast du gehört, warum das Erinnerungssoße heißt?»

Sie erheiterten einander, indem sie minuziöse Varianten der großen Massenschlägerei – ein wiederkehrendes Muster in Wayne-Filmen – entwarfen; mit oder ohne ersichtlichen Grund – die Prügelszene muß rein, weil sie daran so viel Spaß haben. «Hört mal – das wird richtig lustig. Duke hebt den Kleinen hoch, ja, und dann müssen Dino und Earl beide anpacken, um ihn zur Tür rauszuwerfen – *wie wär das?*»

Sie kommunizierten, indem sie sich alte Witze erzählten; sie besiegelten ihre Kameradschaft, indem sie sich auf freundliche, altmodische Weise über Ehefrauen lustig machten, diese Kultiviererinnen, diese Bändigerinnen. «Also setzt Señora Wayne es sich in den Kopf, aufzubleiben und einen Brandy zu trinken. Und dann hört man die ganze Nacht durch: ‹Ja, Pilar, hast ja recht, Schatz. Ich bin ein Rabauke, Pilar, hast ja recht, ich bin unmöglich.›»

«Hast du das gehört? Duke sagt, Pilar hätt ihm 'nen Tisch nachgeschmissen.»

«He, Duke, das wär doch lustig. Der Finger, den du dir eingeklemmt hast, den soll dir der Doc verbinden, dann gehst du heute abend nach Hause, zeigst ihn Pilar, sagst ihr, sie wär's gewesen, als sie den Tisch geschmissen hat. Dann denkt sie nämlich, daß sie's doch 'n bißchen zu weit getrieben hat.»

Die Ältesten unter ihnen behandelten sie mit Respekt, die Jüngsten freundlich. «Seht ihr den Kleinen da?» sagten sie über Michael Anderson jr. «Das ist vielleicht einer.»

«Der spielt nicht, das kommt direkt aus dem Herzen», sagte Hathaway und schlug sich aufs Herz.

«He, Kleiner», sagte Martin. «Du bist in meinem nächsten Film. Mit allem Drum und Dran, kein Schmu. Gestreifte Hemden, Mädchen, Hi-Fi, Augenlichter.»

Sie bestellten für Michael Anderson einen eigenen Stuhl, auf dessen Rückenlehne «BIG MIKE» aufgeprägt war. Als er aufs Set kam, nahm Hathaway ihn in den Arm. «Hast du das gesehen?» fragte Anderson Wayne, plötzlich zu schüchtern, um ihm in die Augen zu blicken. Wayne grinste ihm zu, nickte – der endgültige Ritterschlag. «Hab's gesehen, Kleiner.»

Am Morgen des Tages, an dem sie *Katie Elder* abschließen sollten, kreuzte Web Overlander nicht in seiner Windjacke, sondern in einem blauen Blazer auf. «Nach Hause, Mama», sagte er und verteilte seine letzten Juicy Fruits. «Hab schon meine Abhauklamotten an.» Doch er war bedrückt. Mittags kam Henry Hathaways Frau in die Kantine, um ihm zu sagen, daß sie eventuell nach Acapulco fliegen werde. «Nur zu», sagte er zu ihr. «Wenn ich hier durch bin, nehm ich bloß noch Seconal, bis ich kurz vorm Selbstmord steh.»

Alle waren sie bedrückt. Nachdem Mrs. Hathaway gegangen war, gab es noch einen halbherzigen Austausch von Erinnerungen, doch das Männerland schwand rasch; sie waren schon halb zu Hause, und das einzige, was zur Sprache kam, war das Feuer von 1961 in Bel Air, bei dem Henry Hathaway die Feuerwehr in Los Angeles von seinem Grundstück geworfen und sein Haus unter anderem dadurch gerettet hatte, daß er alles Brennbare in den Swimmingpool kippte. «Die Feuertypen hätten es womöglich aufgegeben», sagte Wayne. «Hätten es einfach brennen lassen.» Eigentlich war das eine ganz gute Geschichte, dazu eine, die etliche von ihren Lieblingsthemen enthielt, aber eine

Bel-Air-Geschichte war immer noch keine Durango-Geschichte.

Am frühen Nachmittag machten sie sich an ihre letzte Szene, und obwohl sie so viel Zeit wie möglich für den Aufbau verwandten, kam schließlich doch der Augenblick, da ihnen nichts mehr blieb, als sie zu drehen. «Zweites Team ab, erstes Team los, *Türen zu*», schrie der Regieassistent ein letztes Mal. Die Komparsen gingen vom Set, John Wayne und Martha Hyer betraten es. «Also, Jungs, *silencio*, Film läuft.» Sie drehten sie zweimal. Zweimal hielt das Mädchen John die zerfledderte Bibel hin. Zweimal sagte John Wayne zu ihr: «Ich bin viel unterwegs, und sie paßt nicht überall hin.» Alle waren sehr still. Und um halb drei an jenem Freitag nachmittag drehte Henry Hathaway sich von der Kamera ab, und in das Schweigen hinein, das darauf folgte, steckte er seine Zigarre in einen Sandeimer. «O. K.», sagte er. «Das war's.»

Seit jenem Sommer 1943 habe ich an John Wayne in vielerlei Gestalt gedacht. Ich habe an ihn gedacht, wie er Rinder von Texas hochtreibt und Flugzeuge mit nur einem Motor sicher runterbringt, an ihn gedacht, wie er zu dem Mädchen im Alamo sagt:

«Republik ist ein schönes Wort.» Nie habe ich an ihn gedacht, wie wir einmal mit seiner Familie und meinem Mann in einem teuren Restaurant in Chapultepec Park zu Abend aßen, doch die Zeit schafft eigentümliche Mutationen, und da waren wir nun also, an einem Abend in jener letzten Woche in Mexiko. Eine Weile war es nur ein netter Abend, ein Abend irgendwo. Wir tranken viel, und allmählich schwand mein Gefühl, daß das Gesicht mir gegenüber mir in mancher Hinsicht vertrauter war als das meines Mannes.

Und dann geschah etwas. Plötzlich schien der Raum von dem Traum erfüllt, und ich wußte nicht, warum. Drei Männer erschienen aus dem Nichts, spielten Gitarre. Pilar Wayne beugte sich etwas vor, und John Wayne hob das Glas fast unmerklich zu ihr hin. «Wir brauchen noch Pouilly-Fuissé für den übrigen Tisch», sagte er, «und roten Bordeaux für den Duke.» Wir lächelten alle und tranken den Pouilly-Fuissé für den übrigen Tisch und den roten Bordeaux für den Duke, und die ganze Zeit über spielten die Männer mit den Gitarren weiter, bis mir endlich bewußt wurde, was sie da spielten, was sie die ganze Zeit gespielt hatten: «The Red River Valley» und die Titelmelodie aus

Es wird immer wieder Tag. Sie kamen nicht ganz mit dem Takt zurecht, aber ich höre sie noch jetzt, in einem anderen Land und viel später, noch während ich Ihnen das erzähle.

1965

Wo die Küsse niemals enden

Vor dem Gerichtsgebäude von Monterey County im kalifornischen Salinas schimmerten die Weihnachtsdekorationen der Geschäfte in dem dünnen Sonnenlicht, das den Wintersalat wachsen läßt. Drinnen blinzelte die Menge unbehaglich in die blendenden Fernsehleuchten. Der Anlaß war eine Sitzung der Bezirksversammlung von Monterey County, das Thema an diesem warmen Nachmittag vor Weihnachten 1965 war, ob ein kleines Kolleg in Carmel Valley, das Institut für das Studium der Gewaltfreiheit, Besitzerin: Miss Joan Baez, gegen den Absatz 32-C der Flächennutzungsvorschriften von Monterey verstieß, der eine Landnutzung verbietet, die «dem Frieden, der Moral und der allgemeinen Wohlfahrt von Monterey County» abträglich ist. Mrs. Gerald Petkuss, die gegenüber dem Kolleg wohnte, hatte das Problem auf andere Weise formuliert. «Wir fragen uns, was für Leute wohl ein solches Kolleg besuchen», sagte sie in einem frühen Stadium der Kontroverse. «Warum sie nicht arbeiten und Geld verdienen.»

Mrs. Petkuss war eine füllige junge Matrone mit einer Miene verwirrter Entschlossenheit, und sie trat in einem erdbeerrosa Strickkleid ans Rednerpult, um zu sagen, sie sei «von Leuten belästigt worden, die etwas mit Miss Baez' Kolleg zu tun hatten und die kamen und mich fragten, wo es sei, obwohl sie das *sehr* wohl wußten – ein Herr trug einen Bart.»

«Also, *mir* ist das doch egal», rief Mrs. Petkuss, als jemand in der ersten Reihe kicherte. «Ich habe drei kleine Kinder, das ist eine große Verantwortung, und ich möchte mir keine Sorgen machen müssen...», Mrs. Petkuss machte eine feine Pause, «wer da verkehrt.»

Die Anhörung dauerte bis 19.15 Uhr, fünfeinhalb Stunden angewandte Demokratie, in deren Verlauf einerseits unterstellt wurde, die Bezirksversammlung von Monterey County mache aus unserem Land ein zweites Nazi-Deutschland, und andererseits, daß die Anwesenheit von Miss Baez und ihrer fünfzehn Studenten im Carmel Valley zu «Berkeley-artigen» Demonstrationen führe, Rekruten in Fort Ord demoralisiere, Armeekonvois auf der Carmel-Valley-Straße zum Stillstand bringe und im ganzen County die Grundstückspreise in den Keller sacken lasse. «Offen gesagt kann ich mir nicht vorstellen, daß sich jemand in der Nähe einer solchen Einrichtung ein Grundstück kauft», erklärte Mrs. Petkuss' Mann, ein Tierarzt. Dr. wie auch Mrs. Petkuss, letztere den Tränen nahe, sagten, besonders gestört würden sie von Miss Baez' Aufenthalt an Wochenenden auf ihrem Grundstück. Es habe den Anschein, als halte sie sich nicht immer drinnen auf. Sie sitze draußen unter den Bäumen und gehe auf dem Grundstück umher.

«Wir fangen erst um eins an», sagte jemand vom Kolleg. «Selbst wenn wir Lärm machen würden, was wir nicht machen, könnten die Petkusses bis eins schlafen, ich verstehe nicht, was daran so schlimm sein soll.»

Der Anwalt der Petkusses sprang auf. «Schlimm ist, daß die Petkusses zufällig einen sehr schönen Swimmingpool haben, daß sie dort am Wochenende gern Gäste haben und gern darin schwimmen möchten.»

«Da müßten sie sich schon auf einen Tisch stellen, um das Kolleg zu sehen.»

«Das machen die auch noch», rief eine junge Frau, die ihr Wohlwollen für Miss Baez schon dadurch angedeutet hatte, daß sie den Bezirksdelegierten laut einen Absatz aus John Stuart Mills *Über die Freiheit* vorgelesen hatte. «Die stehen dann mit dem Fernglas da.»

«Das ist nicht *wahr*», lamentierte Mrs. Petkuss. «Wir sehen das Kolleg von drei Schlafzimmerfenstern und einem Wohnzimmerfenster aus, das ist die einzige Richtung, in die wir *überhaupt* sehen können.»

Miss Baez saß ganz still in der ersten Reihe. Sie trug ein langärmeliges marineblaues Kleid mit einem Kragen und Aufschlägen aus feinster irischer Spitze, und sie hielt die Hände im Schoß gefaltet. Sie sieht ganz außergewöhnlich aus, noch mehr, als ihre Fotos ahnen lassen, da die Kamera anscheinend einen indianischen Einschlag ihrer Züge betont, aber weder die auffallende Feinheit und Klarheit ihrer Knochen und Augen noch, und das ist ihr auffälligstes Merkmal, ihre absolute Direktheit, das völlige Fehlen von Tücke festzuhalten vermag. Sie besitzt eine große Natürlichkeit und ist das, was man einmal eine Dame nannte. «Abschaum», zischte ein alter Mann mit einer Ansteckfliege, der sich als «Veteran zweier Kriege» zu erkennen gegeben hatte und der regelmäßig zu solchen Sitzungen kommt. «*Spaniel.*» Damit meinte er offenbar die Länge von Miss Baez' Haaren, und er versuchte ihre Aufmerksamkeit zu erregen, indem er mit seinem Spazierstock klopfte, doch ihr Blick wich nicht vom Rednerpult. Nach einer Weile erhob sie sich und stand ruhig da, bis es im Raum vollkommen still war. Ihre Gegner saßen angespannt auf ihren Stühlen, bereit, aufzuspringen und alles zu kontern, was sie als Verteidigung ihrer Politik, ihres Kollegs, ihrer Bärte, der «Berkeley-artigen» Demonstrationen und der Unordnung im allgemeinen vorbringen würde.

«Alle reden von ihren Vierzig- und Fünfzigtausend-Dollar-Häusern und davon, daß die Grundstückspreise sinken», sagte sie schließlich schleppend, wobei sie ihre klare Stimme leise hielt und die Bezirksdelegierten ruhig ansah. «Dazu möchte ich nur eines sagen. Ich habe über *hundert*tausend Dollar in das Carmel Valley investiert und habe ein Interesse daran, auch meinen Besitz zu schützen.» Die Grundbesitzerin lächelte daraufhin Dr. und Mrs. Petkuss hinterlistig an und nahm inmitten absoluter Stille wieder Platz.

Sie ist ein interessantes Mädchen, ein Mädchen, das Henry James etwa um die Zeit, als er Verena Tarrant aus *Die Damen aus Boston* schuf, interessiert haben könnte. Joan Baez wuchs im eher evangelistischen Dickicht der Mittelschicht als Tochter eines Quäker-Physiklehrers und Enkelin zweier protestantischer Pfarrer auf, eines englisch-schottischen Episkopalisten mütterlicherseits und eines mexikanischen Methodisten väterlicherseits. Sie wurde in Staten Island geboren, verbrachte ihre Jugend aber an den Rändern der akademischen Gemeinde im ganzen Land; bevor sie Carmel entdeckte, kam sie eigentlich von nirgendwo so richtig her. Als es Zeit für die Highschool wurde, lehrte ihr Vater in Stanford, also ging sie an die Palo Alto High School, wo sie sich auf einer Sears, Roebuck-Gitarre «House of the Rising Sun» beibrachte, versuchte, ein Vibrato hinzukriegen, indem sie sich mit dem Finger an die Kehle klopfte, und Schlagzeilen machte, als sie sich weigerte, während einer Luftschutzübung die Schule zu verlassen. Als es Zeit fürs College wurde, war ihr Vater am M. I. T. und in Harvard, also ging sie an die Boston University, brach das Studium nach einem Monat wieder ab und sang lange Zeit in Cafébars am Harvard Square. Das Leben am Harvard Square gefiel ihr nicht besonders («Die liegen bloß in ihren Buden rum, rauchen Pot und machen lauter so blöde Sachen», sagte die Pfarrersenkelin über ihre dortigen Bekanntschaften), aber ein anderes kannte sie noch nicht.

Im Sommer 1959 nahm eine Freundin sie

zum ersten Newport Folk Festival mit. Nach Newport kam sie in einem Cadillac-Leichenwagen, an dessen Seite «JOAN BAEZ» aufgemalt war, sang 13 000 Menschen ein paar Songs vor, und da war es dann, das neue Leben. Von ihrem ersten Album wurde mehr verkauft als von dem jeder anderen Folksängerin, seit es Schallplatten gibt. Ende 1961 hatte Vanguard ihr zweites Album herausgebracht, und der Gesamtverkauf lag nur noch hinter dem von Harry Belafonte, dem Kingston Trio und den Wavers. Sie hatte ihrer erste lange Tournee beendet, hatte ein Konzert in der Carnegie Hall gegeben, das zwei Monate im voraus ausverkauft war, und hatte Konzertauftritte im Wert von 100 000 Dollar abgelehnt, weil sie nur ein paar Monate im Jahr arbeiten wollte.

Sie war das rechte Mädchen zur rechten Zeit. Sie hatte nur ein kleines Repertoire von Kinderballaden («Was macht Joanie bloß immer noch mit dieser Mary Hamilton?» regte Bob Dylan sich später auf), hatte ihren reinen Sopran nie ausgebildet und ein paar Puristen verärgert, weil ihr die Ursprünge ihres Materials gleichgültig waren und sie alles «traurig» sang. Doch sie kam auf der Folkwelle daher, gerade als diese auf ihrem Höhepunkt war. Sie sprach das Publikum auf eine Weise an, wie es weder die Puristen noch die kommerziellen Folksänger vermochten. Ihr Interesse lag nicht so sehr beim Geld, aber eigentlich auch nicht bei der Musik: vielmehr interessierte sie sich für etwas, was zwischen ihr und dem Publikum ablief. «Die leichteste Beziehung ist für mich die mit zehntausend Menschen», sagte sie. «Die schwierigste mit einem.»

Damals wie auch sonst wollte sie nicht unterhalten; sie wollte Menschen bewegen, mit ihnen eine Art Gemeinschaft der Gefühle erreichen. Ende 1963 hatte sie mit der Protestbewegung etwas gefunden, worauf sie das Gefühl richten konnte. Sie ging in den Süden. Sie sang an Schwarzen-Colleges, und sie war immer da, wo die Barrikaden waren, in Selma, Montgomery, Birmingham. Sie sang nach dem Marsch auf Washington am Lincoln Memorial. Sie teilte dem Finanzamt mit, sie habe nicht die Absicht, die sechzig Prozent ihrer Einkommenssteuer zu bezahlen, die ihrer Berechnung nach in den Verteidigungshaushalt gingen. Sie wurde die Stimme, die Protest bedeutete, wenngleich sie immer eine eigenartige Distanz zu den eher ambivalenten Seiten der Bewegung hielt. («Nach einer Weile hatte ich die Südstaatenmärsche ziemlich satt», konnte sie später sagen. «Die ganzen großen Entertainer, die ein kleines Flugzeug mieteten und hinflogen, und immer waren um die 35 000 Menschen da.») Sie hatte gerade mal eine Handvoll Alben aufgenommen, doch sie hatte ihr Gesicht schon auf der Titelseite von *Time* gesehen. Sie war erst zweiundzwanzig.

Joan Baez war eine Persönlichkeit, bevor sie überhaupt eine richtige Person war, und wie bei jedem, dem so etwas passiert, ist sie in gewisser Hinsicht das glücklose Opfer dessen, was andere in ihr gesehen, über sie geschrieben haben, wie andere sie wollten oder auch nicht. Die ihr zugewiesenen Rollen variieren, sind aber Variationen eines einzigen Themas. Sie ist die Madonna der Unzufriedenen. Sie ist das Pfand der Protestbewegung. Sie ist die unglückliche Analysandin. Sie ist die Sängerin, die ihre Stimme nicht ausbilden wollte, die Rebellin, die den Jaguar zu schnell fährt, die Rima, die sich mit den Vögeln und Rehen versteckt. Vor allem aber ist sie das Mädchen, das die Dinge «erfühlt», das sich die Frische und den Schmerz der Jugend bewahrt hat, das ewig verwundete, ewig junge Mädchen. Heute, in einem Alter, in dem die Wunden allmählich heilen, ob man will oder nicht, verläßt Joan Baez das Carmel Valley kaum einmal.

Obwohl alle Aktivitäten Baez' dazu neigen, im kollektiven Bewußtsein von Monterey County gewisse ominöse Untertöne anzunehmen, ist das, was sich in Miss Baez' Kolleg für das Studium der Gewaltlosigkeit – das nach einer Abstimmungsmehrheit von drei zu zwei bei den Bezirksdelegierten weiter im Carmel Valley wirken durfte – tut, so offenkundig harmlos, daß es selbst einen Veteranen zweier Kriege, der eine Ansteckfliege trägt, entwaffnen muß. An vier Tagen die Woche treffen sich Miss Baez und ihre Studenten zum Mittagessen im Kolleg; Kartoffelsalat, Kool-Aid und auf einem tragbaren Grill gegarte Hotdogs. Nach dem Mittagessen machen sie Ballettübungen zu Beatles-Platten, und danach sitzen sie auf dem nackten Boden unter einem Wandfoto von Cypress Point im Kreis und diskutieren ihre Lektüre: *Gandhi über Gewaltlosigkeit*, Louis Fishers *Leben Mahatma Gandhis*, Jerome Franks *Breaking the Thought Barrier*, Thoreaus *Über die Pflicht zum Ungehorsam gegen den Staat*, Krishnamurtis *The First and Last Freedom* und *Think on These Things*, C. Wright Mill's *Die amerikanische Elite*, Huxleys *Ziele und Wege* und Marshall McLuhans *Die magischen Kanäle*. Am fünften Tag kommt man zusammen wie immer, verbringt jedoch den Nachmittag in völligem Schweigen, was nicht nur nicht Reden bedeutet, sondern auch nicht Lesen, nicht Schreiben und nicht Rauchen. Auch an Diskussionstagen wird dieses Schweigen bei regelmäßigen zwanzigminütigen oder einstündigen Pausen angewandt, eine Übung, die ein Student als «unschätzbar für die Reinigung der Gedanken von persönlichen Komplexen» und Miss Baez als «so ziemlich das Wichtigste am Kolleg» beschreiben.

Die einzige Aufnahmebedingung für Bewerber ist das Mindestalter von achtzehn Jahren; angenommen werden die ersten fünfzehn, die schriftlich die Aufnahme beantragen. Sie kommen von überall her, und im Durchschnitt sind sie sehr jung, sehr ernst und haben keinen weiteren Kontakt zu der größeren Szene, vor der sie jedoch nicht eigentlich fliehen: Sie sind Kinder, die diese Szene nicht so recht verstehen. Sehr am Herzen liegt ihnen, daß sie «mit Schönheit und Zärtlichkeit aufeinander eingehen», und tatsächlich gehen sie so zärtlich aufeinander ein, daß ein Nachmittag am Kolleg dem Abgleiten in eine Traumwelt gefährlich nahe kommt. Sie debattieren darüber, ob es von dem Vietnam Day Committee in Berkeley taktisch klug war zu versuchen, mit den

Hell's Angels «auf der coolen Ebene» zu argumentieren.

«Na gut», wirft einer ein. «Dann sagen die Angels einfach: ‹Was soll's, unser Ding ist Gewalt.› Was sagt der Typ vom V.D.C. dann?»

Sie diskutieren einen Vorschlag aus Berkeley für eine Internationale Gewaltlose Armee: «Das läuft so: Wir gehen nach Vietnam und gehen da in die Dörfer, und wenn sie die niederbrennen, brennen wir auch.»

«Das hat eine schöne Schlichtheit», sagt jemand.

Die meisten sind zu jung, um schon bei den denkwürdigen Protestereignissen dabeigewesen zu sein, und die wenigsten, die aktiv sind, erzählen denen, die es nicht sind, Geschichten, die beginnen wie «Eines Nachts beim Scranton Y...» Oder «Vor kurzem, als wir ein Sit-in im A.E.C. machten...» und «Auf dem Kanada-Kuba-Marsch war ein Elfjähriger, der hatte damals mit einem Gandhier korrespondiert, und der...» Sie reden über Allen Ginsberg, «der einzige, die einzige schöne Stimme, die einzige, die spricht». Ginsberg hatte vorgeschlagen, das V.D.C. solle Frauen mit Babies und Blumen zum Oakland Army Terminal schicken.

«Babies und Blumen», haucht ein hübsches kleines Mädchen. «Das ist ja so *schön*, darum *geht's* doch überhaupt bloß.»

«Ginsberg war an einem Wochenende da», erinnert sich ein verträumter Junge mit blondgelocktem Haar. «Der hatte das *Fuck Songbag* dabei, aber das haben wir verbrannt.» Er kichert. Er hält eine durchsichtige violette Murmel gegen das Fenster und dreht sie im Sonnenlicht. «Die hat Joan mir gegeben», sagt er. «An einem Abend in ihrem Haus, als wir alle eine Party feierten und einander Sachen schenkten. Es war wie Weihnachten, war es aber nicht.»

Das Kolleg selbst ist ein altes, weißgetünchtes Haus aus Lehmziegeln, weit draußen zwischen den gelben Hügeln und staubigen Buscheichen des Upper Carmel Valley. Oleander stützt einen zerrissenen Drahtzaun, der um das Kolleg läuft, und es gibt kein Schild, keinerlei Erkennungszeichen. Das Lehmziegelhaus war bis 1950 eine Bezirksschule mit einem Klassenraum; danach war es nacheinander vom So Help Me Hannah Poison Oak Remedy Laboratory und von einer kleinen Gewehrpatronenfabrik belegt, zwei Unternehmen, die, anders als Miss Baez, offenbar keine Bedrohung für die Grundstückspreise darstellten. Sie kaufte das

Haus im Frühjahr 1965, nachdem der Planungsrat des Bezirks ihr mitgeteilt hatte, daß sie ihr Kolleg aufgrund des Flächennutzungsplans nicht in ihrem Haus, das ein paar Meilen weiter auf einem vier Hektar großen Gelände steht, betreiben könne. Miss Baez ist Vizepräsidentin des Instituts und seine Sponsorin; die Gebühr von 120 Dollar, die jeder Student für die sechswöchige Sitzung bezahlt, schließt die Unterkunft in einem Wohnhaus in Pacific Grove ein, deckt aber nicht die laufenden Kosten des Kollegs. Miss Baez hat nicht nur 40 000 Dollar in die Immobilie investiert, sondern ist darüber hinaus noch verantwortlich für das Gehalt von Ira Sandperl, dem Präsidenten des Instituts, der auch die Diskussionen leitet und im Grunde die graue Eminenz des ganzen Projekts ist. «Man könnte meinen, wir fangen sehr klein an», sagte Ira Sandperl. «Manchmal können die kleinsten Dinge den Lauf der Geschichte ändern. Sehen Sie sich nur mal den Benediktinerorden an.»

In gewisser Hinsicht ist es unmöglich, über Joan Baez zu reden, ohne über Ira Sandperl zu reden. «Einer der Männer vom Planungsrat sagte, ich lasse mich von extremistischen Randgruppen auf Rosen betten», kicherte Miss Baez. «Ira sagte, vielleicht ist er der Extremist und sein Bart der Rand.» Ira ist zweiundvierzig Jahre alt und stammt aus St. Louis. Abgesehen von seinem Bart hat er einen rasierten Schädel, ein großes Anti-Atomwaffen-Abzeichen an der Cordjacke, leuchtende und leicht messianische Augen, ein hohes, irres Lachen und allgemein das Aussehen eines Mannes, der sein ganzes Leben lang einem unmerklich, aber hoffnungslos schiefen Regenbogen nachgelaufen ist. Er hat lange Zeit in pazifistischen Bewegungen in San Francisco, Berkeley und Palo Alto verbracht und arbeitete, als er und Miss Baez auf die Idee mit dem Kolleg kamen, gerade in einer Buchhandlung in Palo Alto.

Ira Sandperl lernte Joan Baez kennen, als sie sechzehn war und von ihrem Vater zu einem Quäker-Treffen in Palo Alto mitgenommen wurde. «Schon damals hatte sie etwas Magisches, etwas Besonderes», erinnerte er sich. «Ich weiß noch, wie sie einmal auf einer Versammlung, auf der ich redete, gesungen hat. Das Publikum ging an dem Abend so mit, daß ich sagte: ‹Honey, wenn du erwachsen bist, dann müssen wir ein Prediger-Team bilden.›» Er lächelt und breitet die Hände aus.

Ira Sandperl zufolge kamen sie sich näher, nachdem Miss Baez' Vater als UNESCO-Berater nach Paris gegangen war. «Ich war ihr ältester Freund, und so war es ganz natürlich, daß sie sich mir zuwandte.» Zu der Zeit der Berkeley-Demonstrationen im Herbst 1964 war er mit ihr zusammen. «Wir waren nämlich die Agitatoren von außen, von denen man so viel gehört hatte», sagt er. «Im Grunde wollten wir eine *nicht* gewalttätige Bewegung zu einer gewalt*losen* machen. Joan hatte einen *unge*heuren Anteil daran, die Bewegung aus ihrer Krise zu reißen, auch wenn die Jungs das heute vielleicht nicht zugeben wollen.»

Ungefähr einen Monat nach ihrem Auftritt in Berkeley redete Joan Baez mit Ira über die Möglichkeit, sie ein Jahr lang zu unterrichten. «Sie sah sich inmitten von Leuten mit einem hohen politischen Wissen», sagt er, «während sie zwar starke *Gefühle* hatte, wußte sie doch nichts von den sozioökonomisch-politisch-historischen Begriffen der Gewaltlosigkeit.»

«Es war alles verschwommen», unterbricht sie ihn und fährt sich nervös durch die Haare. «Ich möchte, daß es weniger verschwommen wird.»

Sie beschlossen, daß es nicht nur ein Jahr Privatunterricht sein soll, sondern ein Kolleg, das endlos weitergeht, und nahmen im Sommer 1965 die ersten Studenten auf. Das Kolleg ist keiner Bewegung verpflichtet («Manche von denen führen uns bloß wieder in ein langes, großes, gewalttätiges Schlamassel», sagt Miss Baez), und tatsächlich herrscht ein ausgeprägtes Mißtrauen gegenüber den meisten Aktivistenorganisationen. Ira Sandperl beispielsweise konnte wenig mit dem V. D. C. anfangen, weil das V. D. C. an Gewaltlosigkeit nur als begrenzter Taktik glaubte, die konventionellen Machtblöcke akzeptierte und sogar einen seiner Anführer für den Congress kandidieren ließ, was Sandperl ein Greuel ist. «Schatz, ich will es mal so sagen. Also, der Präsident unterzeichnet bei den Bürgerrechten ein Gesetz, wen läßt er es beglaubigen? Adam Powell? Nein. Er läßt es von Rustin, Farmer, King beglaubigen, und *keiner* von denen ist Teil der konventionellen Machtstruktur.» Er macht eine Pause, als stellte er sich einen Tag vor, an dem er und Miss Baez dazu berufen werden, das Unterschreiben eines Gesetzes, das die Gewalt ächtet, zu beglaubigen. «Ich bin kein Optimist, Schatz, aber ich bin voller Hoffnung. Das ist ein Unterschied. Ich bin voller Hoffnung.»

Die Gasheizung stottert, und Miss Baez betrachtet sie, den Dufflecoat um die Schultern gezogen. «Alle sagen, ich sei politisch naiv, und das bin ich auch», sagt sie nach einer Weile. Das sagt sie häufig zu Leuten, die sie nicht kennt. «Aber auch diejenigen, die die Politik machen, sind es, sonst wären wir ja nicht in Kriege verwickelt, oder?»

Die Tür geht auf, und ein kleiner Mann mittleren Alters mit handgefertigten Sandalen an den Füßen kommt herein. Es ist Manuel Greenhill, Miss Baez' Manager, und obwohl er schon seit fünf Jahren ihr Manager ist, war er noch nie im Kolleg und kennt Ira Sandperl noch gar nicht.

«Endlich!» ruft Ira Sandperl aus und springt auf. «Die körperlose Stimme am Telefon, endlich ist sie da! Es *gibt* also einen Manny Greenhill! Es *gibt* einen Ira Sandperl! Hier bin ich! Hier ist der Bösewicht!»

Es ist schwierig, mit Joan Baez ein Treffen zu vereinbaren, wenigstens für den, der keinen Draht zu den Untergrundkreisen der Protestbewegung hat. Die New Yorker Firma, für die sie ihre Platten aufnimmt, Vanguard, gibt nur Manny Greenhills Nummer in Boston heraus. «Versuchen Sie es mit der Vorwahl 415, Ortsnetz DA4, Nummer 4321», krächzt Manny Greenhill dann. Vorwahl 415, DA4–4321 verbindet den Anrufer mit Keppler's Bookstore in Palo Alto, wo

Ira Sandperl einmal arbeitete. In der Buchhandlung nimmt dann jemand die Nummer entgegen, und nachdem dieser Jemand sich in Carmel vergewissert hat, ob sich dort jemand für den Anrufer interessiert, ruft er zurück und gibt einem eine Nummer in Carmel. Die Carmeler Nummer gehört nicht, wie man nun meinen könnte, Joan Baez, sondern einem Auftragsdienst. Der Dienst nimmt die Nummer entgegen, und nach ein paar Tagen oder Wochen erhält man dann einen Anruf von Judy Flynn, Miss Baez' Sekretärin, oder auch nicht. Miss Flynn sagt, sie wolle «versuchen, Miss Baez zu kontaktieren». «Ich treffe mich mit niemandem», sagt das Herz dieses eigentümlich improvisierten Netzes falscher Nummern, unterbrochener Gespräche und ausgebliebener Rückrufe. «Ich schließe das Tor ab und hoffe, daß keiner kommt, aber sie kommen trotzdem. Jemand hat ihnen gesagt, wo ich lebe.»

Sie lebt zurückgezogen. Sie liest, und sie redet mit den Leuten, die erfahren haben, wo sie lebt, und gelegentlich fahren sie und Ira Sandperl nach San Francisco, um Freunde zu besuchen, um über die Friedensbewegung zu reden. Sie sieht ihre beiden Schwestern und sie sieht Ira Sandperl. Sie glaubt, daß ihre Tage im Kolleg, wo sie mit Ira Sandperl redet und ihm zuhört, sie der Zufriedenheit näherbringen als alles, was sie bis dahin gemacht hat. «Auf jeden Fall mehr als das Singen. Ich habe da immer gestanden und gedacht, ich kriege so viele Tausende von Dollar, und wofür?» Bezüglich ihres Einkommens hält sie sich bedeckt («Ach, ich habe einiges Geld von irgendwoher»), bezüglich ihrer Pläne ist sie vage. «Es gibt ein paar Sachen, die ich tun möchte. Ich möchte ein bißchen Rock 'n' Roll und auch klassische Musik probieren. Aber ich werde mir keine Gedanken über die Hitparade und den Umsatz machen, wo käme ich denn da hin?»

Eben das, wo sie gern sein möchte, scheint eine offene Frage zu sein, verwirrend für sie selbst und noch mehr für ihren Manager. Auf die Frage, was seine berühmteste Kundin gerade macht und für die Zukunft plant, redet Manny Greenhill über «viele Pläne», «andere Gebiete» und «ihre Entscheidung». Schließlich wird er konkreter: «Also, gerade hat sie eine Dokumentation für das kanadische Fernsehen gemacht, *Variety* hat es groß rezensiert, ich lese mal vor.»

Manny Greenhill liest vor. «Also. Hier sagt *Variety*: ‹*plante nur ein zwanzigminütiges Interview, aber als die Leute von CBC in Toronto den Film sahen, beschlossen sie, ein*

Special draus zu machen —›» Er unterbricht sich. «Das hat da einen ziemlichen Nachrichtenwert. Und weiter. Hier zitieren sie ihre Gedanken zum Frieden... Sie wissen ja, diese... hier sagt sie: ‹*jedesmal, wenn ich nach Hollywood komme, möchte ich kotzen*›... das wollen wir nicht weiter vertiefen... aber hier: ‹*ihre Imitationen von Ringo Starr und George Harrison waren auf den Punkt*›, da, das ist doch gut.»

Manny Greenhill hofft, Miss Baez dazu zu bringen, ein Buch zu schreiben, in einem Film zu spielen, endlich die Rock 'n' Roll-Titel aufzunehmen. Über ihr Einkommen will er nicht reden, dann aber sagt er, munter und düster zugleich: «...aber *dieses* Jahr wird's nicht viel.» Miss Baez ließ ihn für 1966 nur ein Konzert ansetzen (es waren einmal dreißig pro Jahr), ist in ihrer gesamten Karriere nur einmal regulär in einem Club aufgetreten und erscheint praktisch nie im Fernsehen. «Was macht sie denn mit Andy Williams?» Manny Greenhill zuckt die Achseln. «Einmal hat sie mit ihm einen Pat-Boone-Song gesungen», setzt er hinzu, «was beweist, daß sie das auch kann, aber trotzdem. Wir möchten nicht, daß sie mit so einer Tanznummer hinter sich da oben steht.» Greenhill hat ein Auge auf ihre politischen Auftritte und versucht zu verhindern, daß ihr Name benutzt wird. «Wir sagen, wenn sie ihren Namen benutzen, dann ist das ein Konzert. Das hat den Sinn, daß sie, wenn sie ihren Namen nicht benutzt haben, wieder aussteigen kann, wenn ihr die Sache nicht paßt.» Er hat sich damit abgefunden, daß das Kolleg sich mit ihren Plänen überschneidet. «Also», sagt er, «ich habe sie immer dazu ermutigt, politisch zu sein. Vielleicht bin ich nicht aktiv, aber, sagen wir, interessiert.» Er blinzelt in die Sonne. «Sagen wir's so, vielleicht bin ich einfach zu alt dazu.»

Joan Baez dazu zu ermutigen, «politisch» zu sein, heißt eigentlich nur, Joan Baez zu ermutigen, weiterhin die Dinge zu «erfühlen», denn ihr Politikverständnis ist, wie sie selbst sagte, «ganz vage». Sie nähert sich den Dingen instinktiv, pragmatisch, nicht sehr viel anders als ein Mitglied der League of Women Voters. «Ehrlich gesagt, bin ich mit dem Kommunismus durch», ist ihr jüngstes Wort zu dem Thema. Bei Auftritten in der pazifistischen Bewegung hat sie neuerdings folgendes zu sagen: «Einberufungsbefehle verbrennen ist sinnlos, und sich selbst zu verbrennen noch mehr.» Als sie an der Palo Alto High School war und sich weigerte, bei einer Luftschutzübung das Gebäude zu verlassen, war ihr Beweggrund nicht die Theorie; sie tat es, weil «es einfach praktisch war, na ja, ich fand die Übung eben unpraktisch, die ganzen Leute dachten doch wohl, sie könnten in so einen kleinen Schutzraum gehen und sich mit Wasser in Dosen retten». Sie hatte Auftritte für demokratische Regierungen und wird häufig so zitiert: «Es hat noch nie einen guten republikanischen Folksänger gegeben»; das ist kaum die Diktion des neuen Radikalismus. Ihr Konzertprogramm enthält einige ihrer Gedanken über *«waiting on the eve of destruction»*, und ihre Gedanken sind die folgenden:

Mein Leben ist eine Kristallträne. In der Träne fallen Schneeflocken, und kleine Gestalten schleppen sich in Zeitlupe dahin. Sollte ich auch die nächste Million Jahre in diese Träne hineinschauen, würde ich doch vielleicht nie herausfinden, was das für Leute sind und was sie machen.

Manchmal sehne ich mich nach einem Sturm. Einem ausgewachsenen Sturm, in dem sich alles ändert. Der Himmel durchläuft vier Tage in einer Stunde, die Bäume heulen, kleine Tiere rutschen im Schlamm, und alles wird dunkel und wird total wild. Aber eigent-

lich ist es Gott – der im Himmel in seiner Lieblingskathedrale Musik macht – Buntglas zerschmettert – auf einer riesigen Orgel spielt – auf die Tasten einhämmert – vollkommene Harmonie – vollkommene Freude.

Wenngleich Miss Baez eher nicht so redet, wenn man sie von der Schreibmaschine fernhält, versucht sie doch, vielleicht unbewußt, an dieser Unschuld, dieser Aufgewühltheit, dieser Fähigkeit zum Staunen, wie vordergründig oder seicht sie auch sein mögen, ihrer eigenen Jugend oder der aller festzuhalten. Diese Offenheit, diese Verletzbarkeit ist natürlich genau der Grund dafür, daß sie bei allen Jungen und Einsamen und denen, die sich schlecht ausdrücken können, so gut «ankommt», bei all jenen, die argwöhnen, daß sonst niemand auf der Welt etwas von Schönheit und Schmerz und Liebe und Brüderlichkeit versteht. Vielleicht weil sie jetzt älter ist, bekümmert es Miss Baez zuweilen, daß sie für sehr viele ihrer Anhänger der Inbegriff alles Schönen und Wahren ist.

«Es macht mich nicht glücklich, wenn ich daran denke», sagt sie. «Manchmal sage ich mir: ‹Ach, komm, Baez, du bist doch auch bloß wie alle anderen›, aber damit bin ich dann auch nicht glücklich.»

«Aber alle anderen haben nicht deine Stimme», fällt Ira Sandperl schwärmerisch ein.

«Ja, gut, die *Stimme* ist ja ganz schön, die *Stimme* ist schön...»

Sie bricht ab und konzentriert sich lange auf die Schnalle an ihrem Schuh.

Nun hat also das Mädchen, dessen Leben eine Kristallträne ist, ihren Platz, einen Platz, an dem die Sonne scheint und wo die Ambivalenzen noch ein wenig länger beiseitegeschoben werden können, einen Platz, wo alle warm und liebevoll sein und Zuversichten teilen können. «An einem Tag sind wir im Zimmer herumgegangen und haben ein wenig von uns erzählt», vertraut sie mir an, «und da habe ich gemerkt, *Mensch*, ich habe es ziemlich leicht gehabt.» Die Spätnachmittagssonne macht auf dem sauberen Holzfußboden Streifen, die Vögel singen in den Buscheichen, die schönen Kinder sitzen im Mantel auf dem Fußboden und lauschen Ira Sandperl.

«Sind Sie Vegetarier, Ira?» fragte ich beiläufig.

«Ja. Ja, doch.»

«Erzähl's ihnen, Ira», sagt Joan Baez. «Das ist schön.»

Er lehnt sich zurück und blickt zur Decke hoch. «Ich war einmal in der Sierra.» Er macht eine Pause, und Joan Baez lächelt beifällig. «Da sah ich einen herrlichen Baum, der aus dem nackten Fels *wuchs*, sich *emporstieß*... und da dachte ich: *Gut, Baum*, wenn du so sehr leben willst, *gut! Gut!* O.K.! Ich fälle dich nicht! Ich esse dich nicht! Das eine, was wir alle gemein haben, ist doch, daß wir alle *leben* wollen!»

«Aber was ist mit dem Gemüse», murmelte ein Mädchen.

«Nun ja, natürlich merkte ich, solange ich in *diesem Fleisch* und *diesem Blut* bin, kann ich nicht *vollkommen* gewaltlos sein.»

Es wird spät. Von jedem werden fünfzig Cent für das Mittagessen am nächsten Tag eingesammelt, jemand liest die Aufforderung der Bezirksversammlung von Monterey County vor, daß die Bürger die amerikanische Flagge hissen sollen, um damit zu zeigen, daß «Ausgeflippte, Kommunisten und Feiglinge nicht unser County repräsentieren», und jemand bringt das Vietnam Day Committee zur Sprache und ein kritisches Mitglied, das Carmel einmal besucht hatte.

«Marv ist ein grundehrlicher Gewaltloser», verkündet Ira Sandperl. «Ein Mann voller Ehrlichkeit und Liebe.»

«Er sagte, er sei Anarchist», wirft jemand zweifelnd ein.

«Stimmt», pflichtet Ira Sandperl bei. «Absolut.»

«Würde das V.D.C. Gandhi für einen Bourgeois halten?»

«Ach, das sollten die eigentlich wissen, aber die leben ja selber so bürgerlich...»

«Das ist ja so wahr», sagt der verträumte blonde Junge mit der violetten Murmel. «Da kommt man ins Büro, und die sind so unfreundlich, so unfreundlich und so kalt...»

Alle lächeln ihm zu. Inzwischen hat der Himmel draußen die Farbe seiner Murmel angenommen, doch sie wollen noch nicht so recht ihre Bücher und Zeitschriften und Schallplatten einpacken, nach dem Autoschlüssel greifen und den Tag beenden, und als sie schließlich soweit sind, ißt Joan Baez Kartoffelsalat mit den Fingern aus einer Schüssel im Kühlschrank, und alle bleiben und essen ihn gemeinsam, nur noch ein kleines bißchen, wo es warm ist.

1966

7000 Romaine,
Los Angeles 38

Siebentausend Romaine Street liegt in dem Teil von Los Angeles, der Bewunderern von Raymond Chandler und Dashiell Hammett vertraut ist: die Kehrseite Hollywoods, südlich des Sunset Boulevard, ein Mittelschichtslum mit «Modellstudios», Lagerhäusern und Zweifamilienbungalows. Da die Paramount-, Columbia-, Desilu- und Samuel-Goldwyn-Studios gleich nebenan sind, haben viele der Menschen, die dort wohnen, eine kleine Verbindung mit der Filmindustrie. Vielleicht haben sie einmal Starfotos an Fans verschickt oder kannten Jean Harlows Maniküre. 7000 Romaine Street sieht selbst wie ein verblichenes Filmset aus, ein pastellfarbenes Gebäude mit abgesprungenen Artmoderne-Verzierungen, dessen Fenster nun entweder mit Brettern vernagelt oder mit Drahtglas versehen sind und an dessen Eingang zwischen dem staubigen Oleander eine Gummimatte liegt, die WILLKOMMEN verkündet.

Tatsächlich aber ist niemand willkommen, denn 7000 Romaine Street gehört Howard

Hughes, und die Tür ist verriegelt. Daß das Hughessche «Kommunikationszentrum» ausgerechnet hier im matten Sonnenlicht des Hammett-Chandler-Landes liegt, ist einer jener Umstände, die den Verdacht nähren, daß das Leben tatsächlich ein Szenario ist, denn das Hughes-Imperium ist in unserer Zeit der einzige Industriekomplex der Welt – der im Lauf der Jahre Maschinenbau, ausländische Tochterfirmen für Ölausrüstung, eine Brauerei, zwei Fluggesellschaften, unermeßlichen Grundbesitz, ein großes Filmstudio sowie eine Elektronik- und Munitionsfabrik umfaßte –, an dessen Spitze ein Mann steht, dessen *modus operandi* am ehesten dem einer Figur aus *Tote schlafen fest* ähnelt.

Nun wohne ich nicht weit von 7000 Romaine, und hin und wieder fahre ich ganz bewußt daran vorbei, vermutlich in einer ähnlichen Anwandlung, in der Artus-Forscher die Küste von Cornwall aufsuchen. Mich interessiert die Folklore von Howard Hughes, die Art, wie die Leute auf ihn reagieren, in welchen Begriffen sie über ihn reden. Ich möchte Ihnen ein Beispiel geben. Vor ein paar Wochen aß ich mit einem alten Freund im Beverly Hills Hotel zu Mittag. Unter den Gästen war auch eine gutsituierte, verheiratete Frau Mitte Dreißig, die früher einmal

Vertragsstarlet bei Hughes gewesen war, ein anderer war Kostümdesigner, der bei vielen Hughes-Filmen mitgearbeitet hatte und noch immer ein wöchentliches Gehalt aus 7000 Romaine bezieht, nur damit er für niemand anderen arbeitet. Seit Jahren macht er nichts anderes, als den wöchentlichen Scheck einzulösen. Da saßen sie nun in der Sonne, das einstmalige Starlet und der einstmalige Kostümdesigner eines Mannes, dessen öffentliche Auftritte nun etwas weniger häufig sind als die des «Schatten», und sie redeten über ihn. Sie überlegten, wie es ihm wohl gehe und warum er 1967 darauf verwandte, Las Vegas aufzukaufen.

«Du kannst mir nicht erzählen, daß das stimmt, was so gesagt wird, daß er das Desert Inn bloß deshalb gekauft hat, weil immer mehr Geldsäcke angekommen sind und sie ihm das Penthouse nicht mehr lassen wollten», sinnierte das Ex-Starlet, während sie an einem Diamanten, so groß wie das Ritz, herumfingerte. «Das ist bestimmt Teil einer größeren Mission.»

Das Wort war genau richtig gewählt. Jeder, der die Finanzpresse im Blick hat, weiß, daß Hughes niemals geschäftliche «Transaktionen» oder «Verhandlungen» tätigt; er tätigt «Missionen». Seine zentrale Mission, wie *Fortune* es einmal in einer Serie von Liebesbriefen formulierte, war es immer, «seine Macht als Eigentümer der größten Masse an Industrievermögen, die noch immer unter der absoluten Kontrolle einer Einzelperson steht, zu bewahren». Ebenso wenig hat Hughes Geschäfts«partner»; er hat nur «Gegner». Sollten die Gegner seine absolute Kontrolle zu bedrohen «scheinen», dann «könnte» Hughes Schritte dagegen unternehmen «oder auch nicht». Wendungen wie «scheinen» oder «könnte... oder auch nicht», typisch für Wirtschaftsmeldungen über Hughes, verweisen auf die besondere Stimmung der Hughesschen Mission. Und die Schritte könnten folgendermaßen aussehen oder auch nicht: Hughes könnte im kritischen Augenblick sagen: «Sie setzen mir die Pistole auf die Brust.» Wenn es eines gibt, was Hughes nicht mag, dann ist es eine Pistole auf der Brust (üblicherweise bedeutet dies die Bitte um Erscheinen oder eine Diskussion seiner Geschäftspolitik), und mindestens ein Präsident von TWA, einer Gesellschaft, die unter Hughes' Leitung in ihrer Betriebsführung nur der Regierung von Honduras ähnelte, nahm auf diesen Satz hin seinen Hut.

Die Geschichten sind endlos, unendlich

vertraut, von den Getreuen wie Baseballkarten getauscht, gepflegt, bis sie an den Rändern ausfransen und ins Apokryphe verschwimmen. Da ist die von dem Friseur, Eddie Alexander, der großzügig entlohnt wurde, damit er «Tag und Nacht auf Abruf blieb», falls Hughes die Haare geschnitten haben wollte. «Kleine Kontrolle, Eddie», sagte Hughes, als er Alexander einmal um zwei Uhr morgens anrief. «Wollte nur hören, ob Sie auch da sind.» Da war die Sache mit Convair, die Hughes 340 Transportmaschinen verkaufen wollten. Um die «Geheimhaltung» sicherzustellen, bestand Hughes darauf, daß die Mission nur zwischen Mitternacht und Morgengrauen im Schein von Taschenlampen auf der städtischen Mülldeponie von Palm Springs verhandelt würde. Da war der Abend, als Hughes und Grey Bautzer, sein damaliger Anwalt, eine Weile für niemanden zu sprechen waren, während die Geldmänner im Konferenzraum der Chemical Bank in New York darauf warteten, TWA 165 Millionen Dollar zu leihen. Da saßen sie nun, 165 Millionen Dollar in der Hand, die Männer von zweien der größten Versicherungsgesellschaften des Landes und neun seiner mächtigsten Banken, alle warteten sie, und es war sieben Uhr abends am letzten

Tag, an dem die Transaktion getätigt werden konnte, und die Banker telefonierten nicht mit Hughes, nicht einmal mit Bautzer, sondern mit Bautzers Frau, dem Filmstar Dana Wynter. «Hoffentlich nimmt er es in Pennies», sagte ein Makler von der Wall Street, als Hughes sechs Jahre später TWA für 546 Millionen Dollar verkaufte, «und läßt es sich auf die Zehen fallen.»

Dann sind da noch die jüngeren Geschichten. Howard Hughes ist auf dem Weg nach Boston an Bord der Super Chief, die Bel Air Patrol als Begleitschutz. Howard Hughes ist im Peter Bent Brigham Hospital. Howard Hughes requiriert den fünften Stock des Bostoner Ritz. Howard Hughes kauft 37 ½ Prozent von Columbia Pictures durch die Schweizer Banque de Paris oder auch nicht. Howard Hughes ist krank. Howard Hughes ist tot. Nein, Howard Hughes ist in Las Vegas. Howard Hughes bezahlt 13 Millionen Dollar für das Desert Inn. 15 Millionen Dollar für das Sands. Schenkt dem Staat Nevada 6 Millionen Dollar für eine Medizinische Fakultät. Verhandelt über Ranches, Alamo Airways, den North Las Vegas Air Terminal, weitere Ranches, den Rest des Strip. Im Juli 1967 ist Howard Hughes der größte einzelne Landbesitzer von Clark County, Nevada. «Howard mag Las Vegas», erklärte ein Bekannter von Hughes einmal, «weil er es schätzt, daß immer ein Restaurant geöffnet hat, falls er ein Sandwich möchte.»

Warum mögen wir solche Geschichten so gern? Warum erzählen wir sie immer wieder? Warum haben wir aus einem Mann, der die Antithese aller unserer offiziellen Helden darstellt, einem gehetzten Millionär aus dem Westen, dem eine Legende von Verzweiflung, Macht und weißen Turnschuhen auf den Fersen folgt, warum haben wir aus einem solchen Mann einen Volkshelden gemacht? Aber eigentlich haben wir das ja schon immer gemacht. Wir machen uns unsere Lieblinge und Lieblingsgeschichten nicht, weil ihnen eine besondere Tugend innewohnte, sondern weil sie etwas illustrieren, was tief in uns steckt, etwas Uneingestandenes. Shoeless Joe Jackson, Warren Gamaliel Harding, die *Titanic*: *Wie die Mächtigen gefallen sind*. Charles Lindbergh, Scott und Zelda Fitzgerald, Marilyn Monroe: *Die Schönen und Verdammten*. Und Howard Hughes. Daß wir aus Howard Hughes einen Helden gemacht haben, sagt uns etwas Interessantes über uns selbst, etwas nur vage Erinnertes, sagt uns, daß der heimliche Sinn von Geld und Macht in Amerika nicht in den Dingen besteht, die man mit Geld kaufen kann, auch nicht in der Macht um der Macht willen (den Amerikanern ist ihr Besitz unbehaglich, sie fühlen sich ihrer Macht wegen schuldig, was die Europäer alles nur schwer begreifen können, weil sie selbst zutiefst materialistisch, im Gebrauch der Macht so versiert sind), sondern in der absoluten persönlichen Freiheit, Beweglichkeit, Privatheit. Das ist der Instinkt, der Amerika zum Pazifik trieb, das ganze neunzehnte Jahrhundert hindurch, der Wunsch, daß immer ein Restaurant geöffnet hat, falls man ein Sandwich möchte, sein eigener Herr zu sein, nach den eigenen Regeln zu leben.

Natürlich gestehen wir uns das nicht ein. Dieser Instinkt ist gesellschaftlich selbstmörderisch, und weil wir einsehen, daß dem so ist, haben wir gangbare Wege gefunden, das eine zu sagen und etwas ganz anderes zu glauben. Vor langer Zeit verwies Lionel Trilling einmal auf das, was er «die verhängnisvolle Trennung» zwischen «den Ideen unserer gebildeten liberalen Schicht und den Abgründen der Phantasie» nannte. «Ich meine nur», schrieb er, «daß unsere gebildete Schicht ein waches, wenn auch nur leises Mißtrauen gegen das Profitmotiv hegt und an Fortschritt, Wissenschaft, soziale Gesetzgebung, Planung und internationale Zusammenarbeit glaubt... Diese Glaubenssätze gereichen denen, die sie haben, sehr zu Ehre. Dennoch ist es bezeichnend, wenn nicht für unsere Glaubenssätze, so doch für die Art, wie wir sie hegen, daß es noch keinen einzigen erstrangigen Schriftsteller gegeben hat, der diese Ideen und die Emotionen, die damit einhergehen, zu großer Literatur verarbeitet.» Offiziell bewundern wir Menschen, die solche Ideen exemplifizieren. Wir bewundern den Charakter eines Adlai Stevenson, des rationalen Menschen, des aufgeklärten Menschen, des Menschen, der von der potentiell psychopathischen Handlungsweise unabhängig ist. Unter den Reichen bewundern wir offiziell Paul Mellon, einen sozial verantwortungsvollen Menschen europäischer Prägung. Diese Divergenz zwischen unseren offiziellen und unseren inoffiziellen Helden hat es schon immer gegeben. Es ist unmöglich, an Howard Hughes zu denken, ohne die anscheinend bodenlose Kluft zwischen dem zu sehen, was wir zu wollen vorgeben, und dem, was wir tatsächlich wollen, zwischen dem, was wir offiziell bewundern und insgeheim wünschen, zwischen, im weitesten Sinn, denjenigen, die wir heiraten, und denen, die wir lieben. In einer Nation, die offenbar zunehmend soziale Tugenden schätzt, bleibt Howard Hughes nicht lediglich antisozial, sondern auf großartige, brillante, unvergleichliche Weise asozial. Er ist der letzte Privatmann, der Traum, den wir uns nicht mehr eingestehen.

1967

Hochzeit absurd

Um in Las Vegas, Clark County, Nevada, heiraten zu können, muß die Braut schwören, daß sie achtzehn ist oder die Erlaubnis ihrer Eltern hat, und der Bräutigam, daß er einundzwanzig ist oder die Erlaubnis seiner Eltern hat. Jemand muß fünf Dollar für die Heiratsurkunde aufbringen. (An Sonn- und Feiertagen fünfzehn Dollar. Das Gerichtsgebäude von Clark County stellt Heiratsurkunden zu jeder Tages- und Nachtzeit aus, außer zwischen zwölf und ein Uhr mittags, zwischen acht und neun Uhr abends sowie zwischen vier und fünf Uhr morgens.) Weiter braucht man nichts. Der Staat Nevada, und darin ist er einzig unter den Staaten Amerikas, verlangt weder einen vorehelichen Bluttest noch eine Wartezeit vor oder nach der Ausgabe einer Heiratsurkunde. Auf der Fahrt von Los Angeles durch die Mojave sieht man die Schilder schon weit draußen in der Wüste, wie sie aus der Mondlandschaft mit ihren Klapperschlangen und Mesquitebäumen aufragen, noch bevor die Lichter von Las Vegas wie eine Fata Morgana am

Horizont erscheinen: «HEIRATEN? Kostenlose Urkundeninformation erste Strip-Ausfahrt.» Den Gipfel ihrer Effizienz erreichte die Heiratsindustrie von Las Vegas womöglich am 26. August zwischen 21.00 Uhr und Mitternacht, einem ansonsten ereignislosen Donnerstag, der aufgrund eines Präsidentenerlasses zufällig der letzte Tag war, an dem man seinen Musterungsstatus einfach verbessern konnte, indem man heiratete. In jener Nacht wurden einhunderteinundsiebzig Paare im Namen von Clark County und dem Staate Nevada zu Mann und Frau, siebenundsechzig davon durch einen einzigen Friedensrichter, Mr. James A. Brennan. Eine Ehe schloß Mr. Brennan im Dunes, die andern sechsundsechzig in seinem Amtszimmer; und jedem Paar berechnete er acht Dollar. Eine Braut lieh ihren Schleier sechs weiteren. «Ich hab's von fünf auf drei Minuten gedrückt», sagte Mr. Brennan später über seine Leistung. «Ich hätt' sie auch *en masse* verheiraten können, aber schließlich sind das ja Menschen und kein Vieh. Menschen erwarten mehr, wenn sie heiraten.»

Was Leute, die in Las Vegas heiraten, tatsächlich erwarten – was ihre «Erwartungen» im weitesten Sinne sind –, erscheint einem als seltsam und in sich widersprüchlich. Las Vegas ist die extremste und allegorischste amerikanische Ansiedlung, bizarr und schön in seiner Korruptheit und seinem Kult der unmittelbaren Befriedigung, ein Ort, dessen Stil von Mobstern, Callgirls und Toilettenfrauen mit Amylnitritpillen in der Uniformtasche bestimmt wird. Fast jedem fällt auf, daß es in Las Vegas keine «Zeit» gibt, keine Nacht, keinen Tag, keine Vergangenheit und keine Zukunft (allerdings hat kein Kasino in Las Vegas die Auslöschung des gewöhnlichen Zeitgefühls so weit getrieben wie Harold's Club in Reno, der eine Zeitlang in unregelmäßigen Abständen Tag und Nacht vervielfältigte «Bulletins» mit Nachrichten von der Außenwelt herausgab); ebensowenig hat man ein logisches Gefühl dafür, wo man ist. Man steht an einer Schnellstraße inmitten einer großen feindseligen Wüste und blickt auf eine Reklametafel, auf der «STARDUST» oder «CAESAR'S PALACE» blinkt. Gut, aber was sagt uns das? Dieser geographische Widersinn verstärkt das Gefühl, daß das, was dort geschieht, keinerlei Bezug zum «wirklichen» Leben hat; Städte in Nevada wie Reno und Carson sind Ranchstädte, Westernstädte, Orte, hinter denen ein historischer Imperativ steht. Las Vegas hingegen scheint nur im Auge des Betrachters zu existieren. Das alles zusammen fügt sich zu einem außerordentlich anregenden und interessanten Ort, aber auch zu einem eigenartigen, um dort ein Satinhochzeitskleid von Priscilla of Boston mit Spitzenbesatz von Chantilly, spitz zulaufenden Ärmeln und einer speziellen abnehmbaren Schleppe tragen zu wollen.

Und dennoch scheint das Hochzeitsgeschäft in Las Vegas genau jenem Drang zu entsprechen. «Ehrlich und würdevoll seit 1954» wirbt eine Hochzeitskirche. In Las Vegas gibt es neunzehn solcher Hochzeitskirchen, es herrscht scharfe Konkurrenz, jede bietet bessere, schnellere und, daraus folgend, ehrlichere Dienste als die nächste an: Unsere Photos sind besser als alle andern, Ihre Hochzeit auf einer Phonographaufnahme, Feier bei Kerzenschein, Zimmer für die Flitterwochen, Kostenlose Fahrt vom Motel zum Gerichtsgebäude und wieder zurück zum Motel, kirchliche oder standesamtliche Trauung, Umkleideräume, Blumen, Ringe, Anzeigen, Trauzeugen erhältlich sowie große Parkfläche. Alle diese Dienste werden, wie die meisten andern in Las Vegas (Saunen, Gehaltsscheckeinzahlung, Chinchillamäntel zu verkaufen und zu mieten), vierundzwanzig Stunden am Tag, sieben

Tage die Woche angeboten, offenbar unter der Voraussetzung, daß eine Hochzeit ebenso wie Würfeln ein Spiel ist, das gespielt werden muß, solange der Tisch noch heiß ist.

Am auffallendsten bei den Kirchen am Strip mit ihren Wunschbrunnen und Buntglaspapierfenstern und ihren künstlichen Gardinen aber ist, daß sehr viel an ihrem Geschäft keineswegs eine Sache schlichter Zweckmäßigkeit, nächtlicher Liaisons zwischen Showgirls und kleinen Crosbys ist. Natürlich gibt es auch das. (Eines Nachts in Las Vegas gegen elf Uhr beobachtete ich eine Braut im Minikleid und mit flammendroter Haarmähne, wie sie am Arm ihres Bräutigams, der ganz der entbehrliche Neffe in Filmen wie *Miami Syndicate* war, aus einer Kirche am Strip herausstolperte. «Ich muß die Kurzen holen», wimmerte die Braut. «Ich muß den Babysitter abholen, ich muß zur Mitternachtsshow.» «Das einzige, was du mußt», sagte der Bräutigam, während er die Tür eines Cadillac Coupe de Ville öffnete und zusah, wie sie auf den Sitz sackte, «ist nüchtern werden.») Doch Las Vegas scheint etwas anderes als «Zweckmäßigkeit» zu bieten; es vermarktet «Nettigkeit», das Faksimile des eigentlichen Rituals, an Kinder, die nicht wissen, wo sie es sonst bekommen sollen, wie sie die Vorbereitungen treffen, wie sie es «richtig» machen sollen. Den ganzen Tag und am Abend sieht man den Strip entlang Hochzeitsgesellschaften, wie sie im grellen Licht eines Fußgängerüberwegs warten, beklommen auf dem Parkplatz des Frontiers stehen, während der von der Little Church of the West («Hochzeitskirche der Stars») angeheuerte Photograph die Aufnahmen macht: Die Braut in Schleier und weißen Satinpumps, der Bräutigam zumeist in weißer Smokingjacke und dazu noch der eine oder andere Begleiter, eine Schwester oder beste Freundin in einem knallrosa *peau de soie*-Kleid, mit kokettem Schleier und Nelkensträußchen. Der Organist spielt «When I Fall in Love It Will Be Forever» und dann noch ein paar Takte aus Lohengrin. Die Mutter weint; der Stiefvater, in seiner Rolle unbeholfen, lädt die Kirchenhosteß auf ein Glas im Sands ein. Die Hosteß lehnt mit einem professionellen Lächeln ab; sie ist in Gedanken schon bei der Gruppe, die draußen wartet. Die eine Braut raus, die nächste rein, und erneut leuchtet das Schild auf der Kirchentür auf: «Augenblick bitte – Hochzeit.»

Neben einer solchen Hochzeitsgesellschaft saß ich, als ich das letztemal in Las Vegas war, in einem Restaurant auf dem Strip. Die

Hochzeit hatte soeben stattgefunden; die Braut hatte noch ihr Kleid an, die Mutter ihre Ansteckblume. Ein gelangweilter Kellner goß allen, außer der Braut, die dafür noch zu jung war, ein paar Schluck rosa Sekt («auf Kosten des Hauses») ein. «Da brauchst du schon noch was mit mehr Pep», sagte der Brautvater mit derber Heiterkeit zu seinem neuen Schwiegersohn; den ritualisierten Scherzen über die Hochzeitsnacht haftete etwas verzweifelt Optimistisches an, da die Braut schon sichtlich etliche Monate schwanger war. Noch eine Runde rosa Sekt, diesmal nicht auf Kosten des Hauses, dann fing die Braut an zu weinen. «Es war genauso schön», schluchzte sie, «wie ich es mir erhofft und erträumt hatte.»

1967

Gedanken über das Notizbuch

«‹Diese Estelle›», lautet der Eintrag, «‹ist einer der Gründe dafür, daß George Sharp und ich uns heute trennen.› *Schmutziger Crêpe-de-Chine-Schal, Hotelbar, Wilmington RR, 9.45 Uhr, August, Montagmorgen.*»

Da dieser Eintrag in meinem Notizbuch steht, hat er für mich vermutlich eine Bedeutung. Ich betrachte ihn lange. Zunächst habe ich nur eine ganz allgemeine Vorstellung davon, was ich an einem Montagmorgen im August in der Bar des Hotels gegenüber dem Pennsylvania-Bahnhof in Wilmington, Delaware, tat (auf einen Zug warten? einen verpassen? 1960? 1961? warum Wilmington?), immerhin erinnere ich mich, dort gewesen zu sein. Die Frau in dem schmutzigen Crêpe-de-Chine-Schal war aus ihrem Zimmer auf ein Bier heruntergekommen, und der Barmann hatte schon vorher gehört, warum George Sharp und sie sich an jenem Tag trennten. «Ja», sagte er und wischte weiter den Fußboden. «Haben Sie mir schon erzählt.» Am anderen Ende der Bar steht ein Mädchen. Sie redet ostentativ, aber nicht mit dem Mann neben ihr, sondern mit der Katze, die in dem Dreieck liegt, das die Sonne durch die offene Tür wirft. Sie trägt ein Seidenkleid mit Schottenkaro von Peck & Peck, dessen Saum herunterhängt.

Er bedeutet folgendes: Das Mädchen kommt von der Ostküste, und jetzt ist sie wieder auf dem Weg in die Stadt, verläßt den Mann an ihrer Seite, und alles, was sie absehen kann, sind die klebrigen Sommergehsteige und die Ferngespräche morgens um drei, nach denen sie wachliegt und dann wie betäubt die dampfigen Vormittage durchschläft, die der August noch bringt (1960? 1961?). Weil sie in New York direkt vom Zug zum Mittagessen muß, wünscht sie, sie hätte für den Saum des Seidenkleids mit Schottenkaro eine Sicherheitsnadel, und ebenfalls wünscht sie, sie könnte das mit dem Saum und dem Mittagessen einfach lassen und in der kühlen Bar bleiben, die nach Desinfektionsmittel und Malz riecht, und sich mit der Frau in dem Crêpe-de-Chine-Schal anfreunden. Sie ist ein wenig von Selbstmitleid geplagt, und sie möchte über die Estelles dieser Welt reden. Darum drehte sich der Eintrag.

Warum schrieb ich das auf? Natürlich, um mich daran zu erinnern, aber woran genau wollte ich mich erinnern? Wieviel davon geschah tatsächlich? Geschah überhaupt etwas davon? Warum führe ich eigentlich ein Notizbuch? Es ist leicht, sich bei all den Gründen etwas vorzumachen. Der Impuls, Dinge aufzuschreiben, ist eigenartig zwanghaft, unerklärlich jenen, die ihn nicht teilen, von Nutzen nur zufällig, nur sekundär, so wie jeder Zwang seine Rechtfertigung in sich selbst sucht. Vermutlich beginnt das schon in der Wiege – oder eben auch nicht. Obwohl ich seit meinem fünften Lebensjahr den Zwang verspüre, Dinge aufzuschreiben, bezweifle ich, daß das auch bei meiner Tochter so ist, denn sie ist ein eigenartig seliges und hinnehmendes Kind, das sich so am Leben freut, wie es sich ihm bietet, das keine Angst hat einzuschlafen und keine Angst aufzuwachen. Wer ein Notizbuch führt, ist von einer ganz anderen Sorte, es sind einsame und widerständige Neuordner der Dinge, angespannte Unzufriedene, Kinder, die anscheinend schon von Geburt an mit einer Vorahnung von Verlust geschlagen sind.

Mein erstes Notizbuch war ein Big-Five-Block, den meine Mutter mir mit dem vernünftigen Vorschlag gab, ich solle aufhören zu quengeln und lieber lernen, mich zu amüsieren, indem ich meine Gedanken aufschrieb. Vor ein paar Jahren gab sie mir den Block wieder; der erste Eintrag ist der Bericht über eine Frau, die glaubte, sie erfröre in der arktischen Nacht, nur um zu entdecken, als der Tag anbrach, daß sie in die Sahara gestolpert war, wo sie noch vor dem Mittagessen an der Hitze sterben würde. Ich habe keine Ahnung, welche Windung im Gehirn einer Fünfjährigen eine so prononciert «ironische» und exotische Geschichte veranlaßt haben konnte, aber sie enthüllt doch einen gewissen Hang zum Extremen, der mich bis ins Erwachsenenleben verfolgt hat; wäre ich analytisch veranlagt, würde ich sie vielleicht für eine wahrere Geschichte halten als jede, die ich über Donald Johnsons Geburtstagsfest oder über den Tag, an dem meine Cousine Brenda Katzenstreu ins Aquarium schüttete, hätte erzählen können.

Der Sinn meines Notizbuches war also nie und ist es auch heute nicht, ein akkurates Tatsachenprotokoll dessen zu haben, was ich getan oder gedacht habe. Das wäre ein völlig anderer Impuls, ein Instinkt für die Wirklichkeit, um den ich andere zuweilen beneide, den ich aber nicht besitze. Zu keiner Zeit ist es mir gelungen, ein Tagebuch zu führen; meine Annäherung an das Alltagsleben reicht von krasser Nachlässigkeit zur bloßen Abwesenheit, und bei den wenigen Malen, als ich versuchte, die Ereignisse eines Tages pflichtgemäß aufzuzeichnen, hat mich die Langeweile so überwältigt, daß die Ergebnisse bestenfalls mysteriös sind. Was soll das denn mit «Einkaufen, Stück tippen, Essen mit E, deprimiert»? Was Einkaufen? Welches Stück tippen? Wer ist E? War dieser «E» deprimiert oder ich? Wen interessiert das schon?

Derartige sinnlose Einträge habe ich gänzlich aufgegeben; statt dessen mache ich das, was manche lügen nennen würden. «Das stimmt doch einfach nicht», bekomme ich in meiner Familie oft zu hören, wenn man sich an meiner Erinnerung an ein gemeinsam erlebtes Ereignis stößt. «Das Fest war *nicht* für dich, die Spinne war *keine* schwarze Witwe, *es war überhaupt gar nicht so.*» Sehr wahrscheinlich haben sie recht, denn ich habe nicht nur schon immer Schwierigkeiten gehabt mit der Unterscheidung zwischen dem, was geschah, und dem, was hätte geschehen können, ich lasse mich auch nicht davon überzeugen, daß diese Unterscheidung für meine Zwecke wichtig ist. Der geknackte Krebs, den ich meiner Erinnerung nach an dem Tag im Jahr 1945, als mein Vater aus

Detroit nach Hause kam, zu Mittag aß, ist bestimmt eine Ausschmückung, eingewoben in das Muster des Tages, um ihm Plausibilität zu verleihen; ich war damals zehn Jahre alt und würde mich heute nicht mehr an den geknackten Krebs erinnern. Die Geschehnisse jenes Tages hingen nicht von einem geknackten Krebs ab. Und dennoch ist es ebenjener fiktive Krebs, mittels dessen ich den ganzen Nachmittag wieder vor Augen habe, ein Familienfilm, der allzu oft lief, der Vater mit seinen Geschenken, das Kind, das weinte, eine Übung in Familienliebe und Schuld. Das jedenfalls war es für mich. Ebenso schneite es womöglich gar nicht in jenem August in Vermont; womöglich herrschte gar kein Gestöber im Nachtwind, und vielleicht merkte sonst niemand, daß der Boden hart wurde und der Sommer schon vorbei war, noch während wir vorgaben, ihn zu genießen, aber so kam es mir eben vor, und ebenso gut hätte es auch schneien können, konnte es geschneit haben, hatte es geschneit.

So kam es mir eben vor: Das kommt der Wahrheit über ein Notizbuch schon näher. Manchmal mache ich mir bei den Gründen dafür, daß ich ein Notizbuch führe, etwas vor, bilde mir ein, daß sich daraus, alles Beobachtete zu bewahren, eine gedeihliche Tugend ableitet. Sieh genug und schreib es nieder, sage ich mir, und eines Morgens dann, wenn die Welt aller Wunder bar erscheint, eines Tages, wenn ich das, was ich tun soll, nämlich schreiben, nur mechanisch tue – an dem ausgebrannten Morgen schlage ich dann einfach mein Notizbuch auf, und da steht alles, ein vergessenes Konto mit angewachsenen Zinsen, die bezahlte Rückfahrt in die Außenwelt: Dialoge, in Hotels und Fahrstühlen und an der Hutgarderobe im Pavillon mitgehört (ein Mann mittleren Alters zeigt seine Hutnummer einem andern und sagt: «Das ist meine alte Football-Nummer»); Impressionen von Bettina Aptheker und Benjamin Sonnenberg und Teddy («Mr. Acapulco») Stauffer; vorsichtige Aperçus über Tennisnieten, gescheiterte Modemannequins und griechische Reeder-Erbinnen, von denen eine mir eine bedeutsame Lektion erteilt hat (eine Lektion, die ich von F. Scott Fitzgerald gelernt haben könnte, aber vielleicht müssen wir alle den ganz Reichen selber begegnen), indem sie mich fragte, als ich am zweiten Tag eines alles lahmlegenden Schneesturms in New York zum Interview in ihrem orchideenüberhäuften Wohnzimmer eintraf, ob es denn draußen schneie.

Mit anderen Worten, ich bilde mir ein, daß

es in dem Notizbuch um andere Menschen geht. Aber das stimmt natürlich nicht. Es geht mich weiter nichts an, was ein Fremder an der Hutgarderobe im Pavillon zu einem anderen Fremden sagte; ja, ich habe den Verdacht, daß der Satz «Das ist meine alte Football-Nummer» meine Phantasie überhaupt nicht anregte, sondern lediglich eine Erinnerung an etwas war, was ich einmal gelesen hatte, möglicherweise «Der Achtzig-Yards-Run». Ebensowenig geht es mir um eine Frau in einem schmutzigen Crêpe-de-Chine-Schal in einer Bar in Wilmington. Mein Interesse liegt natürlich stets bei dem unerwähnten Mädchen in dem Seidenkleid mit Schottenkaro. *Erinnere dich, wie es war, du zu sein*: nur darum geht es immer.

Und das ist schwierig zuzugeben. Wir werden in dem Ethos erzogen, daß andere, alle andern per definitionem interessanter sind als wir selbst; man bringt uns bei, bescheiden, fast scheu zu sein. («Du bist der unwichtigste Mensch im Raum, vergiß das ja nicht», zischte Nancy Mitfords Erzieherin ihr jedesmal ins Ohr, wenn ein gesellschaftlicher Anlaß anstand; ich schrieb das in mein Notizbuch ab, weil ich erst seit kurzem fähig bin, ein Zimmer zu betreten, ohne einen derartigen Satz in meinem inneren Ohr zu hören.) Nur die sehr Jungen und die sehr Alten dürfen ihre Träume beim Frühstück erzählen, bei sich selbst verweilen, mit Erinnerungen an Strandpicknicks und Lieblingspartykleider von Liberty und die Regenbogenforelle in einem Bach nahe bei Colorado Springs unterbrechen. Von uns andern wird erwartet, und das zu Recht, gespannte Aufmerksamkeit für anderer Leute Lieblingskleider, anderer Leute Forellen vorzutäuschen.

Und das tun wir auch. Doch unsere Notizbücher verraten uns, denn wie pflichtschuldig wir auch aufzeichnen, was wir um uns herum sehen, so ist der gemeinsame Nenner dessen, was wir sehen, immer durchsichtig, schamlos das unerbittliche «Ich». Wir reden hier nicht von jenem Notizbuch, das ganz offenkundig zum öffentlichen Gebrauch bestimmt ist, ein strukturelles Konzetto für das Zusammenheften einer Reihe gefälliger *pensées*; wir reden hier von etwas Privatem, von Denkfäden, die für einen Gebrauch zu kurz sind, eine wahllose und erratische Ansammlung, nur für ihren Produzenten von Bedeutung.

Und manchmal hat selbst der Produzent Schwierigkeiten mit der Bedeutung. Beispielsweise scheint es völlig sinnlos, daß ich für den Rest meines Lebens weiß, daß im Jahr 1964 650 Tonnen Ruß auf jede Quadratmeile von New York City fielen, und dennoch steht es in meinem Notizbuch unter der Überschrift «TATSACHE». Ebenso wenig muß ich mir eigentlich merken, daß Ambrose Bierce Leland Stanfords Namen gern «£eland $tanford» buchstabierte oder daß «in Kuba schicke Frauen fast immer Schwarz tragen», ein Modehinweis ohne viel Potential für praktische Nutzanwendung. Und erscheint die Relevanz der folgenden Notizen nicht bestenfalls marginal:

Im Kellermuseum des Gerichtsgebäudes von Inyo County in Independence, California, ein an Mandarinmantel geheftetes Schildchen: «Dieser MANDARINMANTEL wurde häufig von Mrs. Minnie S. Brooks getragen, wenn sie Vorträge über ihre TEEKANNENSAMMLUNG hielt.»

Rothaarige steigt vor Beverly Wilshire Hotel aus Wagen, Chinchilla-Stola, Vuitton-Taschen mit Anhängern, auf denen steht:

```
       MRS. LOU FOX
       HOTEL SAHARA
          VEGAS
```

Nun ja, vielleicht nicht ganz marginal. Mrs. Minnie Brooks und ihr MANDARIN-MANTEL versetzen mich nämlich in meine Kindheit zurück, denn obwohl ich Mrs. Brooks nie begegnet bin und nach Inyo County erst mit Dreißig kam, wuchs ich in genauso einer Welt auf, in Häusern, die vollstanden mit indianischen Reliquien, Golderz- und Bernsteinstückchen und den Souvenirs, die meine Tante Mercy Farnsworth aus dem Orient mitbrachte. Von dieser Welt bis zu der von Mrs. Fox, in der wir nun alle leben, ist es ein weiter Weg, aber kann man sie sich nicht trotzdem ganz gut merken? Könnte Mrs. Minnie S. Brooks mir nicht dabei helfen, mich zu erinnern, was ich bin? Könnte Mrs. Lou Fox mir nicht dabei helfen, mich zu erinnern, was ich nicht bin?

Manchmal ist das aber schwer zu erkennen. Was genau hatte ich im Sinn, als ich aufschrieb, daß es den Vater eines Bekannten 650 Dollar im Monat kostete, das Haus am Hudson, in dem er vor dem Börsenkrach lebte, zu beleuchten? Wie wollte ich diesen Satz von Jimmy Hoffa verwenden: «Ich habe sicher meine Fehler, aber unrecht haben gehört nicht dazu»? Und obwohl ich es interessant finde zu wissen, wo sich die Mädchen, die mit dem Syndikat unterwegs sind, die Haare richten lassen, wenn sie an der Westküste sind, werde ich das je in passender Weise verwerten können? Wäre es nicht besser, wenn ich das gleich an John O'Hara weitergäbe? Was hat ein Sauerkrautrezept in meinem Notizbuch verloren? Was für eine Elster führt denn dieses Notizbuch? *«Er wurde in der Nacht geboren, als die Titanic sank.»* Das ist eigentlich ein ganz hübscher Satz, und ich weiß sogar noch, wer ihn gesagt hat, aber ist das nicht eigentlich ein viel besserer Satz im Leben, als er es je in der Literatur sein könnte?

Aber natürlich ist es genau das: Nicht daß ich diesen Satz je verwerten würde, sondern daß ich mich an die Frau erinnere, die ihn gesagt hat, und an den Nachmittag, als ich ihn hörte. Wir saßen auf ihrer Terrasse am Meer, und wir tranken den Wein aus, der vom Mittagessen übrig war, und versuchten, das bißchen Sonne abzukriegen, das es gab, es war die kalifornische Wintersonne. Die Frau, deren Mann in der Nacht, in der die *Titanic* sank, geboren wurde, wollte ihr Haus vermieten, wollte zurück zu ihren Kindern nach Paris. Ich weiß noch, wie ich mir wünschte, ich könnte mir das Haus leisten; es kostete 1000 Dollar im Monat. «Irgendwann können

Sie es sich leisten», sagte sie träge. «Irgendwann geht alles einmal.» Damals in der Sonne auf der Terrasse schien es ein leichtes, an Irgendwann zu glauben, danach aber hatte ich einen kleineren Nachmittagskater und überfuhr auf der Fahrt zum Supermarkt eine schwarze Schlange, und mich überfiel eine unerklärliche Angst, als ich hörte, wie die Frau an der Kasse dem Mann vor mir erklärte, warum sie sich letztlich doch von ihrem Mann scheiden ließ. «Er ließ mir keine Wahl», sagte sie immer wieder, während sie auf die Kasse eintippte. «Er hat ein kleines sieben Monate altes Baby von ihr, er ließ mir keine Wahl.» Ich würde gern glauben, daß ich damals um die Conditio humana fürchtete, aber natürlich fürchtete ich um mich, weil ich ein Kind wollte und damals keines hatte, und weil ich das Haus haben wollte, das 1000 Dollar Miete kostete, und weil ich einen Kater hatte.

Es kommt alles wieder. Es mag schwierig sein, einen Wert darin zu erkennen, daß man sich wieder in die damalige Stimmung versetzt, doch ich erkenne ihn; ich finde, wir sind gut beraten, die flüchtige Bekanntschaft mit den Leuten, die wir damals waren, zu pflegen, mögen wir sie nun für nette Gesellschaft halten oder nicht. Sonst tauchen sie unangemeldet auf und überraschen uns, hämmern in einer schlimmen Nacht morgens um vier an die innere Tür und wollen wissen, wer sie im Stich gelassen, wer sie betrogen hat, wer es wiedergutmacht. Allzu schnell vergessen wir die Dinge, von denen wir glaubten, wir würden sie nie vergessen. Wir vergessen die Liebe und den Betrug gleichermaßen, vergessen, was wir geflüstert, was wir geschrien haben, vergessen, wer wir sind. Mit zweien derer, die ich einmal war, habe ich schon keinen Kontakt mehr; eine davon, eine Siebzehnjährige, ist kaum bedrohlich, obwohl es für mich von einigem Interesse wäre, wieder zu wissen, wie es ist, an einem Flußdeich zu sitzen, Wodka mit Orangensaft zu trinken und Les Paul und Mary Ford und ihren Echos zuzuhören, wie sie im Autoradio «How High the Moon» singen. (Sie sehen, die Szenen habe ich noch parat, aber ich kann mich nicht mehr unter den Leuten von damals sehen, könnte nicht einmal mehr den Dialog improvisieren.) Die andere, eine Dreiundzwanzigjährige, plagt mich mehr. Sie bedeutete immer ziemlich viel Ärger, und ich habe den Verdacht, daß sie wieder auftaucht, wenn ich sie am wenigsten sehen will, der Rock zu lang, immer das Opfer, voller Vorwürfe und kleiner Kränkungen und Geschichten, die ich nicht mehr hören will, mich mit ihrer Verletzlichkeit und Ignoranz traurig und wütend zugleich stimmend, eine Erscheinung, die, weil sie so lange verbannt war, desto hartnäckiger ist.

Es ist daher ratsam, Kontakt zu halten, und vermutlich dreht es sich bei Notizbüchern um ebendieses Kontakthalten. Und wenn es darum geht, diese Verbindungslinien für uns offenzuhalten, dann stehen wir ganz allein: Ihr Notizbuch wird mir nicht helfen, meines nicht Ihnen. «*Also, was gibt's Neues im Whisky-Geschäft?*» Was könnte das für Sie wohl bedeuten? Für mich bedeutet es eine Blondine in einem Badeanzug von Pucci, die mit ein paar dicken Männern am Swimmingpool des Beverly Hills Hotels sitzt. Ein weiterer Mann kommt hinzu, und alle betrachten sie einander eine Weile schweigend. «Also, was gibt's Neues im Whisky-Geschäft?» sagt einer der dicken Männer schließlich als Begrüßung, und dann steht die Blondine auf, krümmt einen Fuß und tunkt ihn ins Becken, wobei sie unablässig zu dem Zeltdach hinübersieht, wo Baby Pignatari telefoniert. Mehr ist nicht dazu zu sagen, nur daß ich die Blondine mehrere Jahre später mit ihrem kalifornischen Teint und einem voluminösen Nerzmantel aus Saks Fifth Avenue in New York kommen sah. In dem rauhen Wind, der an dem Tag wehte, erschien sie mir alt und unwiderruflich müde, und selbst die Felle in dem Nerzmantel waren nicht so gearbeitet, wie sie in dem Jahr gearbeitet wurden, nicht so, wie sie es gern gehabt hätte, und darin liegt der Sinn der Geschichte. Eine ganze Weile danach sah ich nicht gern in den Spiegel, und wenn meine Augen die Zeitungen überflogen, pickten sie nur die Todesfälle heraus, die Krebsopfer, die vorzeitigen Herzinfarkte, die Selbstmorde, und ich fuhr nicht mehr mit dem Lexington Avenue IRT, weil mir zum ersten Mal auffiel, daß all die Fremden, die ich jahrelang gesehen hatte – der Mann mit dem Blindenhund, die alte Jungfer, die tagtäglich die Kleinanzeigen las, das dicke Mädchen, das immer mit mir am Grand Central ausstieg –, älter als früher aussahen.

Alles fällt mir wieder ein. Sogar das Sauerkrautrezept: Sogar dabei fällt mir etwas ein. Als ich dieses Sauerkraut zum ersten Mal machte, war ich auf Fire Island, und es regnete, und wir tranken viel Bourbon und aßen das Sauerkraut und gingen um zehn ins Bett, und ich horchte auf den Regen und den Atlantik und fühlte mich sicher. Gestern abend habe ich das Sauerkraut wieder gemacht und mich dadurch nicht sicherer gefühlt, aber das ist, wie es so schön heißt, eine andere Geschichte.

1966

50 JAHRE ROWOHLT ROTATIONS ROMANE

50 Taschenbücher im Jubiläumsformat
Einmalige Ausgabe

Paul Auster, *Szenen aus «Smoke»*
Simone de Beauvoir, *Aus Gesprächen mit Jean-Paul Sartre*
Wolfgang Borchert, *Liebe blaue graue Nacht*
Richard Brautigan, *Wir lernen uns kennen*
Harold Brodkey, *Der verschwenderische Träumer*
Albert Camus, *Licht und Schatten*
Truman Capote, *Landkarten in Prosa*
John Cheever, *O Jugend, o Schönheit*
Roald Dahl, *Der Weltmeister*
Karlheinz Deschner, *Bissige Aphorismen*
Colin Dexter, *Phantasie und Wirklichkeit*
Joan Didion, *Wo die Küsse niemals enden*
Hannah Green, *Kinder der Freude*
Václav Havel, *Von welcher Zukunft ich träume*
Stephen Hawking, *Ist alles vorherbestimmt?*
Elke Heidenreich, *Dein Max*
Ernest Hemingway, *Indianerlager*
James Herriot, *Sieben Katzengeschichten*
Rolf Hochhuth, *Resignation oder Die Geschichte einer Ehe*
Klugmann/Mathews, *Kleinkrieg*
D. H. Lawrence, *Die blauen Mokassins*
Kathy Lette, *Der Desperado-Komplex*
Klaus Mann, *Der Vater lacht*
Dacia Maraini, *Ehetagebuch*
Armistead Maupin, *So fing alles an ...*
Henry Miller, *Der Engel ist mein Wasserzeichen*

50 JAHRE ROWOHLT ROTATIONS ROMANE

Nancy Mitford, *Böse Gedanken einer englischen Lady*
Toni Morrison, *Vom Schatten schwärmen*
Milena Moser, *Mörderische Erzählungen*
Herta Müller, *Drückender Tango*
Robert Musil, *Die Amsel*
Vladimir Nabokov, *Eine russische Schönheit*
Dorothy Parker, *Dämmerung vor dem Feuerwerk*
Rosamunde Pilcher, *Liebe im Spiel*
Gero von Randow, *Der hundertste Affe*
Ruth Rendell, *Wölfchen*
Philip Roth, *Grün hinter den Ohren*
Peter Rühmkorf, *Gedichte*
Oliver Sacks, *Der letzte Hippie*
Jean-Paul Sartre, *Intimität*
Dorothy L. Sayers, *Eine trinkfeste Frage des guten Geschmacks*
Isaac B. Singer, *Die kleinen Schuhmacher*
Maj Sjöwall/Per Wahlöö, *Lang, lang ist's her*
Tilman Spengler, *Chinesische Reisebilder*
James Thurber, *Über das Familienleben der Hunde*
Kurt Tucholsky, *So verschieden ist es im menschlichen Leben*
John Updike, *Dein Liebhaber hat eben angerufen*
Alice Walker, *Blicke vom Tigerrücken*
Janwillem van de Wetering, *Leider war es Mord*
P. G. Wodehouse, *Geschichten von Jeeves und Wooster*

Programmänderungen vorbehalten